PRINTEMPS AU PRATER

Paru dans Le Livre de Poche :

AMERIGO
AMOK
L'AMOUR D'ERIKA EWALD
BALZAC
LE BRÉSIL, TERRE D'AVENIR
BRÛLANT SECRET
CLARISSA
LE COMBAT AVEC LE DÉMON
LA CONFUSION DES SENTIMENTS
CORRESPONDANCE, 1897-1919
CORRESPONDANCE, 1920-1931
DESTRUCTION D'UN CŒUR
ÉMILE VERHAEREN
ÉRASME
ESSAIS *(La Pochothèque)*
FOUCHÉ
LA GUÉRISON PAR L'ESPRIT
HOMMES ET DESTINS
IVRESSE DE LA MÉTAMORPHOSE
LE JOUEUR D'ÉCHECS
MARIE STUART
MARIE-ANTOINETTE
LE MONDE D'HIER
LA PEUR
LES PRODIGES DE LA VIE
ROMAIN ROLLAND
ROMANS ET NOUVELLES *(La Pochothèque)*
ROMANS, NOUVELLES ET THÉÂTRE *(La Pochothèque)*
LES TRÈS RICHES HEURES DE L'HUMANITÉ
TROIS MAÎTRES
TROIS POÈTES DE LEUR VIE
UN MARIAGE À LYON
VINGT-QUATRE HEURES DE LA VIE D'UNE FEMME
VOYAGES
WONDRAK

STEFAN ZWEIG

Printemps au Prater

suivi de

La Scarlatine

PRÉSENTATION ET NOTES D'ISABELLE HAUSSER

TRADUIT DE L'ALLEMAND PAR HÉLÈNE DENIS

LE LIVRE DE POCHE

ISBN : 978-2-253-14504-2 – 1re publication LGF

REPÈRES BIOGRAPHIQUES

28 novembre 1881 – Naissance de Stefan Zweig à Vienne.

1901 – Publication de son premier recueil de poèmes, *Cordes d'argent.*

1904 – Zweig termine sa thèse sur la philosophie de Taine. Publication de son premier recueil de nouvelles, *L'Amour d'Erika Ewald*, qui contient *Les Prodiges de la vie.*

1905 – Second recueil de poèmes, *Les Premières Guirlandes.*

1907 – Publication de son drame en vers, *Thersite.*

1910 – Parution de son livre sur Verhaeren.

1911 – Publication d'un nouveau recueil de nouvelles, *Première expérience.*

1913 – Zweig publie *Brûlant Secret.*

1914 – Début de la Première Guerre mondiale, Zweig est affecté au service des archives de guerre.

1917 – Parution de son drame pacifiste, *Jérémie.*

1918 – Fin de la Première Guerre mondiale. L'empire austro-hongrois disparaît.

1919 – Stefan Zweig s'installe à Salzbourg avec Friderike von Winternitz qu'il épousera l'année suivante.

1920 – Publication de *Trois Maîtres*, consacré à Dickens, Balzac et Dostoïevski, mais aussi de la nouvelle *La Peur.*

1921 – Zweig publie un essai sur Romain Rolland avec lequel il entretient depuis longtemps une correspondance régulière et qui l'a amené au pacifisme.

1922 – Parution de deux nouvelles, *Amok* èt *Lettre d'une inconnue.*

1925 – Publication du *Combat avec le Démon*, biographies littéraires de Hölderlin, Kleist et Nietzsche.

1927 – Zweig publie à la fois une nouvelle, *La Confusion des sentiments,* et *Les Heures étoilées de l'humanité*, qui sont de courts essais historiques.

1928 – Parution de *Trois Poètes de leur vie*, consacré à Casanova, Stendhal et Tolstoï.

1929 – Publication de sa biographie de Joseph Fouché.

1931 – Nouvelle trilogie avec *La Guérison par l'esprit*, qui regroupe des essais sur Messmer, Mary Eddy Baker et Freud.

1932 – Nouvelle biographie, *Marie-Antoinette.*

1933 – Arrivée des nazis au pouvoir. Les livres de Zweig sont brûlés. Il séjourne à Londres et hésite à émigrer.

1934 – Zweig décide d'émigrer seul en Grande-Bretagne. Publication d'*Érasme* où, de manière symbolique, il critique le nazisme.

1935 – Zweig donne des conférences en Amérique du Sud. Il publie *Marie-Stuart*, rédigé en Angleterre.

1936 – Premier voyage au Brésil. Parution de *Castellion contre Calvin*, nouvelle attaque symbolique contre le régime nazi.

1937 – Parution du *Chandelier enterré* et de *La Pitié dangereuse.* Zweig se sépare de sa femme.

1938 – Conférences aux États-Unis.

1939 – Début de la Seconde Guerre mondiale. Zweig épouse Lotte Altmann, sa secrétaire rencontrée lors de son premier séjour à Londres.

1940 – Zweig obtient la nationalité britannique. Il émigre en Amérique.

1941 – Installation au Brésil, à Pétropolis, où il rédige *Le Joueur d'échecs*, son essai sur Montaigne et termine son autobiographie, *Le Monde d'hier.*

22 février 1942 – Désespéré par l'évolution de la guerre, Zweig se suicide avec sa femme.

PRINTEMPS AU PRATER

PRÉSENTATION

Cette nouvelle a été publiée à l'automne 1900 dans une revue littéraire mensuelle. En 1900, Stefan Zweig n'a que dix-neuf ans. C'est l'année de son baccalauréat. Il s'agit donc d'une des premières œuvres d'un très jeune homme. Ce n'est pourtant pas son premier essai. Il avait en effet déjà publié depuis quatre ans des poèmes dans différentes revues. Les débuts précoces ne sont pas toujours un atout pour un artiste. Zweig reniera plus tard ses œuvres d'extrême jeunesse et s'opposera à leur republication.

Il faut lire *Printemps au Prater* dans cette perspective. C'est un récit bref. Il ne supporterait du reste pas de plus amples développements. Ses dimensions signent une évidente intuition de l'équilibre de l'œuvre chez ce tout jeune auteur.

C'est aussi un texte sur le désir qui ne nous paraît aujourd'hui guère audacieux. Sa sensualité était cependant presque provocante à l'époque chez un si jeune écrivain. Elle annonce les textes ultérieurs. Zweig a en effet beaucoup écrit sur le thème de la sexualité dans une société aux mœurs excessivement puritaines. Il a d'ailleurs consacré un chapitre de son autobiographie *Le Monde d'hier* à ce qu'il y nomme « éros matutinus ».

Le thème de *Printemps au Prater* est celui de la nostalgie. Lise, dite Lizzie, est une jeune courtisane. Le terme de « femme du monde » employé à plusieurs reprises par Zweig ne paraît pas convenir. Lise est en effet davantage une « demi-mondaine », c'est-à-dire une femme entretenue par des hommes riches. Sans doute est-elle encore jeune, une vingtaine d'années probablement, car elle ne mène cette vie que depuis cinq ans. Zweig indique même dans les premières pages qu'« on aurait pu la prendre pour un enfant endormi ». Ses amants se recrutent dans l'aristocratie, d'où sa première réaction de mépris à l'égard de l'étudiant, simple roturier. Leur nombre est considérable (« une centaine », précise Zweig incidemment).

Sa vie futile et immorale ne paraît pas de prime abord lui peser. Très vite cependant, à de menus détails, on devine que ce ne sont là qu'apparences. Au fond, ne regrette-t-elle pas sa vie d'autrefois, de jeune fille des faubourgs ? N'est-ce pas la nostalgie qui l'a poussée à conserver la robe dans laquelle elle s'est enfuie de la maison paternelle ? Si elle était satisfaite de sa vie actuelle, éprouverait-elle un sentiment de liberté à cheminer seule et à pied dans les rues de Vienne ? Aurait-elle seulement songé à se passer de voiture ? Trouverait-elle du charme au jeune étudiant timide et désargenté si elle se plaisait réellement dans la compagnie des comtes et autres aristocrates ?

La femme que nous dépeint l'auteur a gardé une partie de sa fraîcheur et de son innocence. Elle n'est pas encore blasée ou endurcie. Même si, au début de sa rencontre avec Hans, elle joue la « comédie » et ressemble à « une princesse déguisée », elle se laisse peu à peu gagner par des sentiments authentiques. Au cours de cet après-midi de printemps, elle va redécouvrir ses premières émotions, « revivre son premier amour ». C'est en toute innocence qu'elle se donne à Hans : de lui elle n'attend rien, sinon ce parfum de nostalgie. Auprès de lui elle comprendra qu'elle ne jouait pas durant cet après-midi. C'est sa vie habituelle qui est une comédie et l'oblige à déguiser sa nature.

La conclusion nous laisse sur une question : Lise aura-t-elle ou non le courage de changer de vie ? Il est probable que non : « elle sait qu'elle ne peut plus revenir en arrière ». Cependant, la perspective de la journée qui l'attend « l'épouvante ». Pour la première fois, elle n'accepte plus les choses comme elles viennent « sans se poser de questions ». Sa vie ou tout au moins son humeur pourraient bien en fin de compte avoir été transformées par cette plongée dans la nostalgie.

On s'étonne un peu que le jeune Zweig ait choisi une courtisane comme personnage central. Que sait-il vraiment des pensées et des émotions de ces femmes ? De là vient toute la fraîcheur et l'exubérance de Lise. Un homme plus âgé ne lui aurait sûrement pas prêté tant de candeur après cinq ans passés dans ce « demi-monde ».

Hans l'étudiant est lui aussi un personnage tout en fraîcheur et en exubérance. Il y a en lui quelque chose de Bertold Berger, le héros de *La Scarlatine*. Lui non plus n'a pas encore perdu « son aspect enfantin ». Il manifeste de la « timidité » et de l'« irrésolution », mais aussi « de la retenue et de la réserve ». On devine qu'il n'a guère d'expérience amoureuse. Il est cependant plus audacieux que Berger et n'hésite pas à faire sa cour et à « mendier » l'amour de Lise.

Double du jeune Zweig ? Peut-être, encore qu'on ne voie pas ce dernier en membre d'un « parti nationaliste ». Plus sûrement, ils sont, Lise et lui, dans la description de leur désir, le reflet des préoccupations d'un jeune homme du début de ce siècle. Par leurs voix, c'est ce bouillonnement de vitalité sans cesse réprimé par la société qui s'exprime.

Ce bouillonnement se retrouve dans la nature. Le printemps est évidemment la saison des amours. Celui que décrit Zweig dans ce récit tient plus de l'été que du printemps. Ne seraient les arbres en fleurs dans les prairies du Prater, on se croirait plutôt aux premiers jours de l'été. Le bleu intense du ciel, couleur de « saphir », la chaleur lourde qui tourne à l'orage dans la soirée avec « un éclair de chaleur » évoquent davantage l'été. Dans la nouvelle suivante, la description des saisons est plus fine et nuancée.

Maladresse de débutant ? Pas complètement. Zweig a besoin d'une saison envoûtante pour fournir une explication simple au comportement inattendu de Lise. L'atmosphère particulière, entre le printemps et l'été, justifie « l'ivresse » de ses personnages et que Lise soit « comme ensorcelée ». La magie d'un printemps extraordinaire aux lourds parfums de terre peut avoir jeté Lise dans les bras de Hans et l'avoir ramenée cinq ans en arrière. Mais, on le verra dans *La Scarlatine*, avec Zweig, il faut toujours se méfier des explications simples. Comme dans la vie, tout est chaque fois plus complexe qu'il n'y paraît d'abord. On l'a vu plus haut, le comportement de Lise est plus vraisemblablement motivé par un mélange d'insatisfaction et d'innocence préservée.

Ce goût de la complexité des sentiments et des ressorts du cœur humain, qui fera la renommée de Zweig, était déjà présent chez le jeune auteur. De la même manière, on peut ici pressentir ce que deviendra son style si particulier. Ainsi rend-il parfaitement l'agitation et « l'exubérance » de Lise. Il multiplie les termes évoquant le mouvement au point que le début de la nouvelle paraît nous entraîner dans un tourbillon. Plus encore, il découpe son récit en petits paragraphes, d'une seule ligne parfois. Ce parti pris donne à toute la nouvelle un style sautillant, en harmonie avec le caractère de Lise.

Les lecteurs les plus fervents de Zweig ne peuvent totalement admettre le mépris dans lequel il tenait ses œuvres de jeunesse. Leurs imperfections lui sautaient aux yeux. L'écrivain rigoureux qu'il était aurait aimé effacer à jamais ces brouillons de ses futurs chefs-d'œuvre. Pour le lecteur, comme pour le critique, ils sont de précieux témoignages. Ces textes permettent en effet de retracer l'évolution de la pensée et de l'art de l'écrivain le plus célèbre de son temps. Au reste ne l'aurait-il pas compris, lui qui, sa vie durant, chercha à percer le mystère de la création ?

Isabelle HAUSSER.

Elle entra comme un tourbillon dans la pièce. « Ma robe est-elle là ?

– Non, Mademoiselle, répondit la bonne, je ne pense même pas qu'elle arrivera aujourd'hui.

– Bien sûr que non, je connais cette fainéante, s'écria-t-elle d'une voix où vibrait un sanglot étouffé. Il est maintenant midi, à une heure et demie je devais me rendre au Prater[1] pour le Derby[2]. À cause de cette idiote, c'est impossible ! Et par-dessus le marché il fait un temps magnifique ! »

Avec furie, son corps fluet s'abattit sur l'étroit divan persan[3], drapé d'une profusion de plaids à franges, qui se trouvait dans un coin du boudoir meublé avec un mauvais goût plein d'extravagance. Elle tremblait de colère parce qu'elle ne pouvait pas participer au Derby où elle occupait pourtant, en raison de sa notoriété et de sa beauté, une des places les plus importantes. Des larmes brûlantes coulaient entre ses longs doigts fins couverts de bagues.

Elle resta étendue quelques minutes puis elle se redressa

---

1. Grand parc compris entre les deux bras du Danube. Il était fréquenté par la haute société qui venait s'y promener à cheval ou en fiacre, mais aussi, comme on le voit plus loin, par les classes populaires qui aimaient ses nombreuses attractions. **2.** À l'origine, nom donné à une course de chevaux organisée à Epsom, en Angleterre, par lord Derby. Le terme a été réutilisé dans d'autres pays pour certaines courses de chevaux. Il existe un champ de courses au Prater où devait avoir lieu le Derby dont il est ici question. **3.** Le divan (mot d'origine persane) est probablement recouvert de perse, c'est-à-dire d'un tissu d'ameublement venant d'Inde et abusivement dit de Perse. Par ailleurs, les plaids dont il est question à la même ligne sont des couvertures de voyage faites en laine d'Écosse.

afin que sa main puisse atteindre la petite table anglaise où elle savait que se trouvaient ses chocolats. Machinalement elle les mit l'un après l'autre dans sa bouche et les laissa fondre lentement. Et peu à peu, une fatigue pesante, la nuit tumultueuse qu'elle avait passée, la pénombre fraîche de la pièce et l'immensité de son chagrin conjuguèrent leur action de telle sorte qu'elle s'assoupit.

Elle reposa environ une heure d'un sommeil léger, sans rêves, à demi conscient. Elle était très jolie, même si ses yeux mobiles et joyeux, qui faisaient son principal attrait, étaient à présent clos. Seuls ses sourcils finement dessinés lui donnaient l'air d'une femme du monde. À part cela on aurait pu la prendre pour un enfant endormi, si délicats et réguliers étaient ses traits d'où avait disparu toute trace de la douleur causée par cette occasion perdue.

Elle se réveilla vers une heure, quelque peu surprise d'avoir dormi, et progressivement la mémoire lui revint. Appelée par une série de coups de sonnette énergiques et nerveux, la bonne réapparut.

« Ma robe est-elle arrivée ?

– Non, Mademoiselle.

– Cette misérable ! Elle sait pourtant bien que j'en ai besoin. Maintenant c'est fini, je ne pourrai plus y aller. »

Irritée, elle se leva d'un bond, parcourut plusieurs fois son étroit boudoir, puis elle mit la tête à la fenêtre pour voir si sa voiture était déjà devant la porte.

Bien sûr qu'elle était là. Tout aurait marché à merveille si seulement cette maudite couturière était venue. À présent, elle était donc contrainte à rester chez elle. Elle parvint peu à peu à se persuader qu'elle était malheureuse comme les pierres, qu'elle était la plus infortunée du monde.

Mais elle éprouvait presque du plaisir à être triste, elle trouvait inconsciemment une délectation particulière à se châtier elle-même. Sous l'effet de cette disposition, elle ordonna à la bonne de renvoyer la voiture, ordre qui fut reçu par le cocher dans un débordement de joie, car il pouvait faire des affaires d'or le jour du Derby.

À peine vit-elle l'élégant coupé[1] s'éloigner au grand trot qu'elle regretta sa décision et elle se serait volontiers précipitée à la fenêtre pour le rappeler, si elle l'avait osé, mais elle habitait dans le quartier de Vienne le plus sélect, le Graben[2].

Et voilà, il n'y avait plus rien à faire. Elle était aux arrêts, comme un soldat auquel il est interdit, sous peine de sanction, de quitter la caserne.

Chagrine, elle allait de long en large. On était si mal dans ce boudoir étroit où s'entassaient, dans la plus grande absence de style et de discernement, toutes sortes d'objets, bric-à-brac de la pire espèce et œuvres d'art exquises. Sans compter ces effluves issus de vingt parfums différents et cette odeur pénétrante de cigarette qui collait à tout. Pour la première fois, ce décor lui devint odieux et même les volumes jaunes des romans de Prévost[3] n'exerçaient aujourd'hui sur elle aucun attrait, car elle ne cessait de penser au Prater, à son Prater, et au Derby de la Freudenau[4].

Et tout cela simplement parce qu'elle n'avait rien d'élégant à se mettre.

C'était à en pleurer. L'esprit indolent, elle s'enfonça dans le fauteuil et voulut se rendormir pour tuer l'après-midi. Mais elle n'y parvint pas. Ses paupières se relevaient obstinément, avides de lumière.

Elle retourna à la fenêtre et contempla le trottoir du Graben qui étincelait sous l'ardeur du soleil et les gens qui marchaient d'un pas rapide. Le ciel était si bleu, l'air si chaud que son désir d'être dehors se fit de plus en plus fort, de plus en plus impérieux, et s'exprima de plus en plus bruyamment. Soudain lui vint la pensée d'aller seule au Prater ; puisqu'il lui était impossible de s'en passer, elle regarderait au moins le corso[5], à défaut d'y

---

1. Il s'agit d'une voiture à cheval à deux portes. **2.** Nom d'une avenue élégante du centre de Vienne, non loin de la cathédrale Saint-Étienne. **3.** Sans doute s'agit-il de Marcel Prévost (1862-1941), romancier français auteur de livres consacrés à l'étude de l'âme féminine et baignant dans une atmosphère immorale et sentimentale. **4.** Emplacement d'un champ de courses au sein du Prater. **5.** En français, il s'agit simplement d'un défilé de chars (au carnaval, par exemple). Le

prendre part. Elle n'avait pas besoin pour cela d'une toilette distinguée, une mise simple serait même plus indiquée ; ainsi on ne la reconnaîtrait pas.

Ce projet se transforma vite en résolution.

Elle ouvrit son armoire. Un tourbillon bigarré de couleurs vives, brillantes, gaies, criardes s'offrit à sa vue, la soie bruissait sous ses doigts tandis qu'elle essayait de faire son choix, ce qui lui fut fort difficile, presque tous ses habits ayant à l'évidence pour but d'attirer l'attention sur elle – exactement ce qu'elle voulait éviter aujourd'hui. Enfin, après d'assez longues recherches, un sourire enfantin éclaira soudain son visage. Dans un coin, elle avait trouvé une robe modeste, presque misérable, chiffonnée et pleine de poussière, et ce n'était pas seulement cette découverte qui provoquait son sourire, mais le passé que ce souvenir ressuscitait. Elle pensa au jour où, vêtue de cette petite robe, elle s'était enfuie de la maison paternelle pour suivre son amant, à tout le bonheur qu'elle avait connu auprès de lui et ensuite à l'époque où elle avait troqué cette tenue contre de riches atours en sa qualité de maîtresse d'un comte, puis d'un deuxième, puis de tant d'autres...

Elle ignorait pourquoi elle l'avait conservée. Mais elle s'en réjouit. Et quand elle se fut changée et qu'elle s'aperçut dans le lourd miroir vénitien, elle ne put s'empêcher de rire d'elle-même : elle avait l'air si convenable, si ingénu, si bourgeois, une vraie Gretchen[1].

Après avoir farfouillé un peu partout, elle mit aussi la main sur le chapeau qu'elle portait alors. Puis elle jeta un dernier coup d'œil dans le miroir où une jeune fille

---

mot allemand *Korso*, venu de l'italien, a également le sens de courses ou de cortège de voitures. C'est plutôt dans ce dernier sens qu'il convient de l'entendre ici : la jeune femme comptait arriver dans son coupé et suivre le cortège de voitures se rendant au Derby.

1. Diminutif du prénom Margarete, souvent utilisé en allemand sous sa forme déjà réduite de Grete. Dans le *Faust* de Goethe, la jeune et pure Marguerite est en allemand nommée Gretchen. C'est probablement le sens ici de cette « vraie Gretchen » : la courtisane est redevenue une ingénue. On sait cependant ce qu'il advient de Marguerite dans *Faust* : séduite par Faust, elle tue son enfant. L'innocence de la « vraie Gretchen » est donc utilisée avec une certaine ironie par Zweig.

« ...elle se serait volontiers précipitée à la fenêtre pour le rappeler, si elle l'avait osé, mais elle habitait dans le quartier de Vienne le plus sélect, le Graben. » (p. 15)

de la bourgeoisie[1] endimanchée lui rendit son salut enjoué et elle sortit.

Elle arriva dans la rue, le sourire aux lèvres.

D'abord elle eut l'impression qu'on ne saurait manquer de se rendre compte en la voyant qu'elle n'était pas celle qu'elle feignait d'être.

Mais les rares personnes qui passaient à la hâte dans la chaleur de midi n'avaient, pour la plupart, pas le temps de la regarder et peu à peu elle se familiarisa avec sa nouvelle situation et descendit, la mine grave, la Rotenturmstrasse[2].

Tout ici baignait dans la lumière resplendissante du soleil. Les gens, joyeux et pimpants, arboraient un air de fête qui s'étendait aux animaux et aux objets ; tout scintillait, brillait, exultait et la saluait. Elle était là à observer cette animation qu'elle n'avait à vrai dire jamais connue – comme une péquenaude, se disait-elle au moment où, absorbée qu'elle était dans sa contemplation, elle faillit heurter un véhicule.

Elle fit alors davantage attention ; mais, parvenue à la Praterstrasse, elle sentit son exubérance rejaillir, bien vivante, quand passa tout à côté d'elle, dans une élégante voiture, un de ses admirateurs, si près qu'elle aurait pu lui tirer l'oreille – ce qu'elle aurait été enchantée de faire. Mais, enfoncé dans son siège avec une négligence pleine de distinction, il ne la remarqua pas. Elle rit si fort qu'il se retourna et si elle n'avait pas, rapide comme l'éclair, mis son mouchoir sur son visage, peut-être l'aurait-il quand même identifiée.

Elle continua gaiement son chemin et ne tarda pas à être entourée d'une foule en train d'accomplir, en bandes claires, son pèlerinage dominical au sanctuaire viennois, les allées du Prater qui, pareilles à des poutres blanches

---

1. Il faut entendre ici « petite bourgeoisie ». La jeune femme, on le voit plus loin, vient d'une famille des faubourgs populaires et parlait en dialecte viennois. **2.** Cette rue part de la cathédrale Saint-Étienne et mène au Danube. Sur le quai, Lise pourra *(cf. infra)* prendre la Praterstrasse qui, comme son nom l'indique, conduit au Prater.

posées sur un gazon vert, traversent cette grande étendue boisée et impraticable. Son ravissement se fondit entièrement dans l'allégresse de la masse, car la joie du dimanche et l'amour débordant de la nature faisaient oublier à chacun la grisaille des six autres journées de la semaine consacrées au labeur.

Elle dérivait au milieu de cette cohue, telle une vague isolée au sein de la mer qui écume et se brise dans une jubilation consciente de sa force.

Elle en vint presque à se réjouir de l'oubli de la couturière : ici elle était heureuse, libre, ainsi que jamais plus elle ne l'avait été dans sa vie depuis son enfance, quand elle avait découvert le Prater.

Et voici que tous les souvenirs, toutes les images resurgissaient, auréolés d'une lumière dorée par son humeur joyeuse, elle se remémora son premier amour, non pas par une volonté délibérée de morosité comme quelque chose qu'on n'aime pas évoquer, mais comme un événement qu'on voudrait tant revivre encore une fois, cet amour qu'on donne, qu'on ne vend pas...

Elle continuait à avancer, plongée dans ses rêveries, et les conversations de la foule, dans lesquelles elle ne distinguait aucun mot précis, lui parvenaient confusément, pareilles au sourd mugissement des flots. Elle était seule avec ses pensées, bien plus qu'elle ne l'avait jamais été lorsque, allongée, oisive, sur l'étroit divan persan de sa chambre, elle envoyait des volutes de fumée dans l'air calme et figé...

Subitement elle leva les yeux.

Elle ne sut pas tout de suite pourquoi. Ce n'avait été qu'une vague sensation qui soudain avait brouillé sa méditation. Elle remarqua alors qu'on l'observait. Bien qu'elle n'eût pas tourné la tête dans cette direction, son instinct de femme avait interprété sans erreur ce regard qui l'avait dérangée dans sa rêverie.

Il venait de deux prunelles sombres, celles d'un jeune homme dont le visage inspirait la sympathie par l'expression enfantine qu'il avait conservée malgré une majestueuse barbiche. Par sa mise il évoquait un étudiant et la fleur, emblème d'un parti nationaliste[1], piquée dans sa boutonnière ne pouvait que confirmer cette hypothèse. Planté de guingois, un chapeau à la calabraise[2] ombrageait ses traits délicats et réguliers et conférait à cette tête ordinaire, presque commune, un caractère idéal, poétique.

Son premier mouvement fut de froncer les sourcils d'un air méprisant et de détourner fièrement les yeux. Que lui voulait ce roturier[3] ? Elle n'était pourtant pas une fille des faubourgs, elle était...

Soudain elle s'interrompit et retrouva son sourire joyeux. Pour un instant elle s'était sentie de nouveau dans la peau d'une femme du monde, oubliant complètement qu'elle s'était travestie en demoiselle de la bourgeoisie, et elle se réjouit comme une gamine de la réussite de son déguisement.

Le jeune homme, qui avait pris ce sourire pour une avance, s'approcha d'elle sans cesser de la dévisager. Il s'efforçait d'imprimer à ses traits une expression virile, assurée de la victoire, que sa timidité et son irrésolution venaient cependant constamment détruire. Ce fut précisément ce qu'elle apprécia en lui, car la retenue et la réserve chez un homme représentaient pour elle quelque chose d'étranger. L'aspect enfantin qu'il n'avait pas encore perdu lui offrait une part d'inconnu, une sensation nouvelle d'une incomparable ingénuité. Elle se divertit infiniment à observer comment l'étudiant, plusieurs dizaines de fois, fut sur le point de lui adresser la parole, pour y renoncer toujours au moment décisif, sous l'effet de la peur et de la confusion. Elle dut se mordre très fort les lèvres afin de ne pas éclater de rire à la figure du jeune homme.

---

1. Le jeune étudiant appartient probablement aux partisans de Georg von Schönerer (1842-1921). Celui-ci créa le parti national allemand aux thèses ultranationalistes (il était partisan de la Grande Allemagne, c'est-à-dire d'une fusion avec l'empire allemand) et antisémites. Il s'appuyait notamment sur des associations d'étudiants. Il est généralement considéré comme l'un des précurseurs de Hitler. **2.** C'est-à-dire semblable aux chapeaux que l'on porte en Calabre, région du sud de l'Italie. Le chapeau est *de guingois*, car il est porté de travers, ce qui accentue le côté populaire de l'étudiant. **3.** Le jeune étudiant n'appartient pas à l'aristocratie que fréquente Lise.

Celui-ci possédait une autre qualité : il n'était pas aveugle. Le tressaillement révélateur au coin de sa bouche ne lui échappa donc pas et son courage en fut considérablement accru.

Et brusquement, n'y tenant plus, il demanda poliment si elle l'autorisait à faire quelques pas en sa compagnie. Il ne donna aucun motif pour la pure et simple raison que, en dépit de tous ses efforts, aucun argument valable ne s'était présenté à son esprit.

Elle-même, bien qu'il eût longtemps atermoyé, se trouva surprise au moment critique où la question fut posée. Devait-elle acquiescer ? Pourquoi pas ? Surtout ne pas commencer à envisager l'issue de cette histoire. Puisqu'elle avait déjà revêtu le costume, elle tiendrait également le rôle ; elle aussi, pour une fois, comme une fille de la bourgeoisie, elle irait au Prater avec son soupirant. Peut-être même que ce serait amusant.

Elle résolut donc d'accepter et déclara qu'elle le remerciait, mais il valait mieux qu'il ne l'accompagne pas, parce que pour lui ce serait du temps perdu. La fin de la phrase voulait dire oui.

C'est ce qu'il comprit aussitôt et il marcha à ses côtés.

Une conversation ne tarda pas à s'engager.

C'était un étudiant jeune et plein d'entrain ; de ses années de lycée, qui ne remontaient pas à bien loin, il avait emporté dans l'existence une bonne dose d'exubérance. Sans réelle expérience ni connaissance de la vie, il avait certes aimé passionnément à la manière des adolescents, mais les « aventures » auxquelles aspirent la plupart des jeunes gens ne lui étaient arrivées qu'en de très très rares occasions, si ce n'est jamais, parce que lui faisait défaut la hardiesse agressive qui en est la condition première. Le plus souvent, il s'était contenté de se languir pour l'objet de sa flamme, l'admirant de loin, prudemment, perdu dans des rêveries poétiques.

Quant à elle, elle était fort étonnée de s'entendre tout à coup jacasser de la sorte, de découvrir les choses auxquelles elle était capable de s'intéresser – et de constater qu'elle avait retrouvé soudain son vieux dialecte viennois,

« Soudain lui vint la pensée d'aller seule au Prater. » (p. 15)

« Ici elle était heureuse, libre, ainsi que jamais plus elle ne l'avait été depuis son enfance, quand elle avait découvert le Prater. » (p. 20)

oublié depuis cinq ans peut-être. C'était comme si ces cinq années d'élégance et de frénésie s'étaient évanouies, englouties, il lui semblait être de nouveau l'enfant des faubourgs chétive et assoiffée de vivre qui était tombée naguère sous le charme du Prater.

Sans qu'elle s'en fût aperçue, ils s'étaient peu à peu écartés du chemin, ils avaient quitté le flot mugissant des promeneurs et marchaient maintenant à travers les vastes prairies du Prater où le printemps était roi.

Au milieu de toute cette verdure les marronniers centenaires aux larges branches dressaient leurs silhouettes de géants. Dans un murmure quasi amoureux, les rameaux lourds de fleurs bruissaient quand ils les effleuraient de la main et une masse floconneuse tombait, comme de la neige, saupoudrant l'herbe sombre dans laquelle les fleurs multicolores avaient tissé de curieux motifs. Un parfum doux et entêtant émanait de la terre et se répandait en vagues délicates, il collait si étroitement et si solidement à chacun que toute conscience de la volupté s'était dissipée et qu'on se laissait simplement bercer par une vague sensation de douceur et de félicité. Au-dessus des arbres la voûte des cieux si bleue, si étincelante, si pure, faisait penser à un saphir. Et le soleil dardait la magnificence de ses rayons dorés sur la splendeur impérissable et sans pareille de sa création : le printemps au Prater.

Printemps au Prater !

Ces mots flottaient littéralement dans l'air, tous sentaient la magie profonde qui les entourait et eux aussi avaient l'impression d'éclore en une riche floraison. Des couples d'amoureux se tenant par le bras déambulaient à travers l'étendue illimitée des prairies, rayonnants de bonheur, et chez les enfants, auxquels cette joie était encore étrangère, naissait un élan qui les incitait à sauter, à danser et à pousser des cris d'allégresse, que le vent emportait dans la forêt.

Le printemps au Prater semblait parer d'une auréole tous ces gens heureux, libérés de leurs occupations.

Ni l'un ni l'autre ne s'étaient rendu compte que le

charme avait lentement tissé sa toile autour de leurs âmes ; peu à peu une chaleureuse intimité s'était mêlée à leurs joyeuses plaisanteries – tel un hôte inattendu et néanmoins bienvenu. Ils étaient devenus amis. Lui était enthousiasmé par cette séduisante jeune fille vive et gaie qui, dans son exubérance souveraine, avait l'air d'une princesse déguisée ; elle aussi éprouvait de la sympathie pour ce jeune homme plein de fraîcheur. Elle prenait un peu au sérieux à présent la comédie qu'elle avait commencée avec lui ; en remettant sa robe d'autrefois elle avait retrouvé ses impressions d'alors, elle connaissait à nouveau la nostalgie du bonheur, de la félicité du premier amour...

Il lui paraissait qu'elle allait pouvoir vivre tout cela pour la première fois, cette admiration pleine d'espièglerie, ces désirs secrets, cette béatitude simple et tranquille.

Doucement il avait passé son bras sous le sien et elle ne s'y opposa pas. Il lui raconta mille et mille choses, sa jeunesse, ce qu'il avait vécu, enfin il lui dit qu'il s'appelait Hans, qu'il était étudiant et qu'elle lui plaisait énormément – et, pendant qu'il parlait, elle sentait son souffle chaud dans ses cheveux. Moitié pour rire, moitié sérieusement, il lui fit une déclaration d'amour et elle se mit à trembler, ravie. Elle en avait déjà entendu des centaines, peut-être plus joliment tournées, elle avait réservé un accueil favorable à plus d'une, mais nulle n'avait autant embrasé ses joues que cet aveu sincère et venu du cœur, murmuré aujourd'hui à ses oreilles. Ces paroles, toutes vibrantes d'émotion, résonnaient comme un rêve suave qu'on aimerait voir se réaliser et son corps tout entier fut parcouru par un frisson de joie. Dans une sorte d'ivresse elle sentit qu'il serrait plus fort son bras contre le sien, avec une tendresse sauvage et exaltée.

Ils s'étaient déjà enfoncés très avant dans les vastes prairies désertes où le bruit des voitures n'était plus qu'un murmure assourdi, ils étaient presque seuls. Çà et là étincelaient dans la verdure, pareils à des papillons blancs, quelques vêtements d'été aux couleurs claires ; il était rare que le son d'une voix parvienne jusqu'à eux. Le soleil semblait avoir plongé toute chose alentour dans un sommeil profond...

Seule la voix du jeune homme ne se lassait pas de susurrer des mots doux, tous plus passionnés et plus étonnants les uns que les autres. Elle écoutait dans un état de torpeur, comme on prête l'oreille au moment de s'endormir à une musique lointaine, dont on ne distingue pas les différentes notes, mais seulement le rythme et la mélodie.

Elle ne se défendit pas davantage quand il lui prit la tête entre les mains, l'attira vers lui et lui donna un long baiser ardent, lourd d'une multitude de paroles d'amour non prononcées.

Tous ses souvenirs s'envolèrent avec ce baiser, c'était le premier qu'elle eût jamais reçu. Le jeu auquel elle avait voulu se livrer avec le jeune homme était devenu la vie même, l'émotion même. Elle était comme un acteur au sommet de son art, qui s'identifie totalement au roi ou au héros, oubliant qu'il joue ; enracinée en elle, une vive affection effaçait tout son passé.

Elle eut l'impression que, par l'effet d'un miracle, il lui était donné de revivre son premier amour.

Ils avaient ainsi erré quelques heures, se tenant par le bras, dans une douce ivresse. Les cimes des arbres, d'un noir d'encre, étaient comme des mains tendues vers le ciel déjà pourpre, dans la pénombre les contours devenaient de plus en plus flous et le vent du soir bruissait dans le feuillage.

Hans et Lise – d'ordinaire on l'appelait Lizzie, mais c'est sous le prénom de ses premières années, à nouveau si cher et si familier tout à coup, qu'elle se présenta à lui – avaient eux aussi rebroussé chemin et se dirigeaient maintenant vers le Volksprater[1], le Wurstelprater[1] qu'on repérait de loin à cause de son tohu-bohu composé des bruits les plus divers.

---

1. Parties plus populaires et moins élégantes du Prater, comme le montrent les descriptions suivantes. Les noms sont du reste évocateurs : Prater populaire et Prater des saucisses.

Une foule bigarrée défilait devant les baraques violemment illuminées, des soldats accompagnés de leur bien-aimée, des jeunes gens, des enfants débordants de joie à la vue de tant de merveilles inconnues. Et tout cela était noyé dans un brouhaha épouvantable : fanfares militaires, musiciens qui cherchaient à jouer tous plus fort les uns que les autres, orgues de Barbarie, camelots qui s'égosillaient à vanter leurs trésors, coups de carabine venus des stands de tir et voix enfantines modulées sur tous les tons. C'était le peuple entier dans toute sa variété qui s'entassait ici, avec ses désirs que les forains et les restaurateurs essayaient de satisfaire, masse compacte qui, dans sa diversité, forme pourtant une unité.

Pour Lise, ce Prater-là était une contrée de sa jeunesse qu'elle retrouvait, qu'elle redécouvrait. Depuis longtemps elle ne connaissait plus que l'allée principale avec son fier cortège de voitures, son élégance et sa noblesse, mais en ce moment tout la ravissait ici, elle était comme une petite fille qu'on emmène dans un magasin de jouets et qui tend une main avide vers chaque objet. Elle était redevenue exubérante et son humeur rêveuse, presque lyrique, s'était dissipée. Ils riaient et s'amusaient follement, pareils à deux gamins, au sein de cette marée humaine.

Ils s'arrêtèrent devant chaque baraque, écoutant avec délectation le débit monotone des bonimenteurs qui faisaient le plus drôlement l'article pour « la plus grande femme du monde », « le plus petit homme du continent », des hommes serpents, des diseuses de bonne aventure, divers monstres, terrestres et marins. Ils montèrent sur les chevaux de bois, se firent tirer les cartes, profitèrent de toutes les attractions proposées, si radieux que les gens, surpris, les suivaient des yeux.

Au bout d'un certain temps, Hans estima que l'estomac avait lui aussi ses droits. Elle fut d'accord et tous deux entrèrent dans une auberge un peu à l'écart de la cohue. Dans cet endroit le vacarme se fondait en un murmure ininterrompu qui allait toujours s'amenuisant.

Ils étaient assis là ensemble, étroitement serrés l'un contre l'autre. Il lui racontait toutes sortes d'histoires

« Le printemps au Prater semblait parer d'une auréole tous ces gens heureux, libérés de leurs occupations. » (p. 25)

gaies, et il savait glisser habilement dans chacune quelques mots flatteurs et conserver sa joyeuse humeur. Il lui donnait des petits noms comiques qui provoquaient chez elle de furieux éclats de rire, il se livrait à des enfantillages qui lui arrachaient des cris d'allégresse. Et elle aussi, qui d'habitude appréciait le calme, la maîtrise de soi, la distinction, se montrait plus exubérante que jamais. Des anecdotes de son enfance, oubliées depuis bien des années, lui revenaient à la mémoire, des personnages dont elle avait perdu le souvenir resurgissaient et reprenaient vie de manière cocasse. Elle était comme ensorcelée, si différente, si rajeunie.

Ils restèrent un bon moment ainsi à bavarder.

Depuis longtemps déjà le voile de la nuit était tombé, mais la touffeur du soir ne s'était pas pour autant dissipée. L'air était pesant comme un fardeau. Au loin un éclair de chaleur jaillit dans le silence qui se faisait de plus en plus intense. Peu à peu les lampes s'éteignirent et les gens disparurent aux quatre coins de la ville, chacun prenant le chemin de sa maison.

Hans lui aussi se leva.

« Viens, Liserl[1], partons ! »

Elle obéit et ils quittèrent bras dessus, bras dessous le Prater qui, sombre et mystérieux, les observait. Les dernières lumières colorées étincelaient, pareilles à des yeux de tigre, dans les arbres qui bruissaient doucement.

Ils parcoururent la Praterstrasse, éclairée par la lune, pratiquement déserte, déjà presque endormie. Chaque pas résonnait fort sur le pavé et les ombres glissaient, timides, devant les réverbères qui répandaient avec indifférence une maigre lueur.

Il n'avait pas été question de la direction qu'ils emprunteraient, mais tacitement Hans avait pris le commandement. Elle se doutait bien qu'il se rapprochait de son domicile, mais elle ne voulut rien dire.

---

1. On a vu un peu plus haut que la jeune femme, prénommée Lise, a coutume de se faire appeler Lizzie, aux sonorités anglaises, donc perçues comme raffinées dans le milieu qu'elle fréquente. Liserl est un diminutif germanique de Lise.

Ils marchèrent ainsi quasi silencieux. Ils traversèrent la Donaubrücke[1], longèrent le Ring en direction du VIIIe arrondissement, qui est le quartier étudiant de Vienne, ils passèrent devant le magnifique bâtiment en pierre de l'université, devant l'hôtel de ville, pour arriver à des rues moins larges, plus pauvres.

Soudain il lui parla.

En des termes brûlants, il dépeignait les aspirations de sa passion juvénile sous les couleurs les plus vives que seul inspire un désir exacerbé. Il exprimait là toute l'impatience effrénée d'un jeune être qui veut enfin connaître le bonheur et la jouissance – l'accomplissement de l'amour. Ses paroles devenaient de plus en plus précipitées, de plus en plus véhémentes, elles dansaient pareilles à des flammes voraces. Il n'était plus qu'un homme au paroxysme du désir. Il mendiait son amour...

Elle frémissait de tout son corps.

Ses oreilles bourdonnaient de mots et de chants sauvages. Elle ne comprenait pas ce qu'il disait, mais il avait fait jaillir dans son âme une attirance impétueuse qui rejoignait la sienne.

Elle lui promit comme un présent précieux, incomparable, fabuleux, ce qu'elle avait déjà abandonné à une centaine d'autres.

Il sonna à la porte d'une vieille maison étroite, les yeux rayonnants de félicité.

On vint sans tarder.

Ce fut d'abord un couloir exigu, froid et humide qu'ils parcoururent hâtivement. Ensuite les innombrables marches usées d'un escalier en colimaçon. Mais elle ne s'en aperçut pas. Il l'avait soulevée dans ses bras robustes comme une plume et le tremblement joyeux et impatient des mains du jeune homme s'était emparé de son propre corps tandis qu'elle continuait de s'élever, ainsi que dans un rêve.

---

1. L'un des ponts sur le Danube. Les deux personnages empruntent ensuite le Ring, le boulevard circulaire entourant depuis la fin du XIXe siècle le centre de Vienne. Au lieu de se diriger vers le centre où habite Lise, ils vont vers les anciens faubourgs au-delà du Ring dans le quartier étudiant dont il sera question dans *La Scarlatine*.

« Pour Lise, ce Prater-là était une contrée de sa jeunesse qu'elle retrouvait, qu'elle redécouvrait. » (p. 28)

Arrivé en haut, il s'arrêta et ouvrit une porte. Ils pénétrèrent dans une pièce étroite et sombre dans laquelle on avait du mal à distinguer les objets, car les rayons de la lune se perdaient dans un rideau blanc déchiré qui couvrait la petite lucarne.

Il la posa doucement et l'enlaça avec encore plus de fougue. Elle sentit les baisers brûlants couler à travers ses veines, ses membres tremblaient sous les caresses de Hans et les mots qu'elle prononça vinrent mourir en un murmure plein de langueur.

La chambre est sombre et étroite.

Mais un bonheur infini y étend ses ailes dans un silence ravi. Le chaud soleil de l'amour brille au plus profond des ténèbres...

Il est encore tôt. Peut-être à peine six heures.

Lizzie vient de rentrer chez elle, elle a retrouvé son boudoir élégant. Son premier geste est d'ouvrir toutes grandes les deux fenêtres pour respirer l'air frais du matin, elle est écœurée par l'odeur fade et douceâtre du parfum qui lui rappelle sa vie actuelle. Auparavant elle acceptait les choses comme elles venaient, aveuglément, avec indifférence et fatalisme, sans se poser de questions. Mais cette aventure d'hier, surgie dans son destin, pareille à un rêve de jeunesse lumineux et joyeux, a soudain éveillé en elle un besoin éperdu d'amour.

Pourtant elle sait qu'elle ne peut plus revenir en arrière. Bientôt un de ses soupirants se présentera, puis ce sera le tour d'un autre. Elle est littéralement épouvantée à cette perspective.

Et elle redoute le jour qui lentement se lève, de plus en plus net.

Mais peu à peu elle revit la journée précédente qui est tombée, tel un rayon de soleil égaré, sur son existence si sombre et si morne. Et elle oublie tout ce qui va arriver.

Sur ses lèvres flotte le sourire d'un enfant qui, radieux, s'éveille de bon matin d'un songe merveilleux.

LA SCARLATINE

PRÉSENTATION

Cette nouvelle a été publiée pour la première fois en mai et juin 1908 à Vienne. Zweig avait alors vingt-six ans. C'était encore un jeune homme, mais ce n'était plus un débutant. Ses premiers textes, poèmes et nouvelles, avaient été remarqués. Même si *La Scarlatine* ne peut être considéré comme un texte autobiographique, on remarquera cependant qu'à l'époque de sa composition, Stefan Zweig venait de s'installer dans le quartier de Vienne où il situe l'action de ce récit. Il vivait en effet non loin de la Josefstadt ; son balcon donnait sur le parc de Schönborn où se rend parfois Bertold Berger, le héros de la nouvelle.

Le récit est assez long, plus ample du moins que *Printemps au Prater*. On serait tenté au premier abord, trompé par sa lecture facile et agréable, de le considérer comme une œuvre de jeunesse, dépourvue de complexité. Ce serait certainement une erreur. Derrière cette apparente facilité, cette nouvelle cache une grande richesse littéraire qui annonce les textes de la maturité.

Elle est construite de manière chronologique, rythmée par le passage de trois saisons : commencée à l'automne sous la pluie et le vent, elle s'achève au printemps lorsque éclatent les premiers bourgeons et les chants des oiseaux. Au cours de ces trois saisons, un jeune homme, Bertold Berger, venu d'une province lointaine, va traverser de grands bouleversements intérieurs qui le mèneront finalement à la mort.

Zweig l'a découpée en quinze sections, formule qui

contribue à l'agrément de la lecture. On pourrait tout aussi bien les regrouper en trois parties, correspondant à peu de chose près aux trois saisons que Berger a vécues à Vienne. Elles composent les grandes étapes de son évolution.

Ce récit est en effet celui d'une initiation. Une première lecture trop hâtive donnerait à penser qu'il est celui d'une initiation ratée. La réalité est bien plus subtile, comme le fait apparaître un examen attentif du texte.

Bertold Berger est un très jeune homme : il atteint ses dix-huit ans pendant l'hiver passé à Vienne. Zweig le décrit comme un être peu mature. On ne compte pas les termes « enfant », « petit garçon », « garçonnet » et même « gamin », « bambin » et « gringalet » appliqués à Berger. De même est-il « puéril », « imberbe », « faible », « désarmé et inachevé ». Pour son malheur, il n'est pas seulement resté « enfantin », il a toujours été un petit garçon « timide », « effarouché », facilement au bord des larmes, voire des « sanglots ». Il est assailli de peurs d'enfant, celle du noir, de la solitude. Il a des délicatesses de fille. Zweig insiste sur cette nature quasi féminine. À l'école, on le prenait pour une fille. Sa sœur s'était un jour amusée à le travestir en fille. L'auteur va jusqu'à le qualifier de « fillette ».

Or, que vient chercher Berger à Vienne en dehors de l'étude de la médecine ? Il y est venu pour être « un adulte » et, plus encore, « un homme ». Il souhaite être « fort, viril, ce qu'on appelle un homme ». C'est-à-dire abandonner enfin le stade de l'enfance et être enfin pleinement un homme. N'est-ce pas le rôle des cérémonies d'initiation des sociétés traditionnelles où le jeune garçon est retiré des jupes de sa mère pour être admis dans l'univers des hommes ? Le contrepoint de Berger, l'étudiant Schramek, a, lui, passé avec succès cette épreuve initiatique (symbolisée ici par son appartenance à une corporation d'étudiants). Il se bat, boit, fume, a une maîtresse. Aux yeux innocents du jeune Berger, il est un homme, un modèle à suivre.

Cependant, toutes les tentatives de Berger pour se conformer à cet idéal viril élémentaire échouent les unes après les autres. Il reste « un gamin » et même, comme le dit Karla, la maîtresse de Schramek, « une gamine ». Cependant, derrière cette apparente incapacité à sortir du monde de l'enfance se profilent, discrètement, des évolutions dans la personnalité de Berger. Ainsi, fin janvier, voit-on qu'il a cessé d'admirer béatement les corporations d'étudiants. Il n'éprouve plus le moindre intérêt pour leurs pratiques et leurs duels dont la « stupidité » lui est apparue. La seconde évolution notable a lieu peu de temps après. Au fond du désespoir, Berger entreprend d'écrire une lettre à sa sœur. Il y met son cœur à nu et appelle au secours. L'enfant qu'il était quelques mois plus tôt aurait envoyé cette lettre. Mais le nouveau Berger, qui pointe derrière l'enfant, la déchire pour ne pas tourmenter les siens.

Zweig se garde bien d'insister sur ces réactions d'adulte et, pourrait-on dire, d'adulte responsable et attentif, qualités qui font défaut à Schramek. Il nous montre son héros apathique et sans vitalité, se croyant rejeté par la communauté des adultes. Car au fond, il ne retrouve le goût de vivre qu'au contact d'une enfant malade. La jeune fille de sa logeuse, encore une enfant, mais presque une femme, réveille son cœur. Il la soigne, s'en éprend à sa manière délicate et contracte par un timide baiser la scarlatine. L'une de ses dernières pensées conscientes avant de sombrer dans la fièvre puis dans la mort est amère : il est toujours un enfant puisqu'il est atteint d'une « maladie infantile », « lui qui, arrivé à l'âge adulte, avait continué à souffrir de ce qui était réservé au domaine de l'enfance ».

Il mourra sans se rendre compte qu'il a atteint le pays des adultes. Mourrait-il sinon de la scarlatine ? Le médecin qui soigne la jeune fille l'énonce clairement : « On le constate pour presque toutes les maladies infantiles : les enfants triomphent d'elles, tandis que les adultes succombent. » Cette phrase prophétique prouve paradoxalement que Bertold Berger n'est plus un enfant. Il meurt de ne l'être plus.

On devine du reste l'homme qu'il serait devenu : pur et délicat, sensible, compatissant et pudique. Même s'il n'atteint pas ce stade, il offre – et sans doute Zweig derrière lui – une alternative à la virilité brutale et grossière de Schramek. Tout laisse à penser que les femmes, même Karla, l'auraient aimé, comme il le souhaitait.

La richesse de ce texte apparaît également dans le traitement de la scarlatine, titre de la nouvelle. Cette maladie tire son nom du mot latin qui a donné en français l'adjectif *écarlate*. Même étymologie en allemand, *Scharlach* signifie tout à la fois scarlatine et écarlate.

La maladie n'apparaît que dans le dernier quart de la nouvelle : elle touche d'abord la fille de la logeuse (dont nous ne saurons jamais ni le nom ni le prénom), puis Bertold Berger. Elle est cependant précédée, et donc annoncée, dès les premières pages par l'abondance des termes évoquant la couleur rouge. La nouvelle est écrite sous le signe du rouge le plus vif. Elle est, en jouant sur le double sens du mot allemand *Scharlach*, tout à la fois le récit d'une scarlatine et une histoire écarlate.

On ne cesse en effet d'y voir Bertold Berger rougir. Constamment, le sang, symbole du rouge vif, lui « monte au visage » ou encore ce même visage « s'embrase ». Cette rougeur peut être l'expression de la honte ou de la gêne chez Berger mais encore de l'excitation et de l'ivresse chez Karla.

Le sang, on l'a dit, revient de nombreuses fois, soit comme métaphore du rouge, soit au sens propre. Lorsque Berger rêve de son duel, il voit le sang « inonder son visage et ses yeux ». Par ailleurs, en luttant contre Karla, il vient s'entailler la main contre les sabres de Schramek et le sang sourd, « brûlant », de sa blessure. Le sang a de la même façon coulé des trois balafres d'un « rouge vif » de Schramek auxquelles répond la cicatrice de Berger sur sa main « dont la trace rouge évoquait une bande de feu ». Le feu, le flamboiement sont autant d'évocations du rouge et de la fièvre, d'annonces de la scarlatine. L'association du rouge et de la chaleur se retrouve dans l'adjectif « incandescent », c'est-à-dire chauffé à rouge, qui revient au moins à trois reprises.

Comment oublier également la casquette de Schramek

« d'un rouge éclatant », objet des convoitises de Berger ? Cette casquette apparaît au bout d'une dizaine de pages. Elle symbolise les désirs de Berger. Sa couleur lui brûle les yeux, précise même Zweig, et, plus loin, elle brille « ainsi qu'une tache de sang ». Cette casquette est intéressante car, par son intermédiaire, le rouge vif, écarlate, va être brièvement associé au mal. Cette casquette rouge contemple en effet Berger « ainsi qu'un œil maléfique ».

La casquette rouge disparaît assez vite des préoccupations de Berger. Elle sera remplacée par Karla dont les cheveux sont précisément « d'un roux flamboyant ». Le dernier objet rouge, annonciateur de la maladie, sera l'encre rouge. Il faut lire attentivement le bref passage précédant la découverte de sa maladie. Berger s'amuse, quoique déjà fatigué, à des travaux de calligraphie. Il écrit « une nouvelle vie a commencé » sans savoir encore que cette vie est l'antichambre de sa mort. Il veut que ces caractères brillent « comme du sang ». Alors, son regard tombe sur « une petite tache rouge circulaire » sur sa main. Après avoir vainement cherché à l'enlever, il découvre sur son bras « des taches rondes et écarlates ». L'adjectif essentiel est enfin lâché. À la page suivante, ces taches rouges deviennent « des étincelles ». Zweig revient à l'association du rouge et du feu, de l'éruption cutanée et de la fièvre. Plus loin encore, proche de sa mort, Bertold Berger est ballotté par la fièvre « dans un bouillonnement d'écume rouge ». Il imagine encore Karla dans la chambre voisine dont les « cheveux défaits ressemblaient à une rivière sanglante ».

À ce rouge écarlate, symbole de la maladie, de la mort, mais aussi de sentiments troubles, s'oppose par touches quasi impressionnistes quelques taches de blanc, c'est-à-dire d'innocence et de pureté. On citera la nuque et la poitrine blanches de Karla entrevues par Berger, mais plus encore « la lueur blanche de la robe de sa sœur », la blancheur de la lumière d'une étoile et, *in fine*, de nouveau, la « robe immaculée » de sa sœur. Ce dernier adjectif dit très exactement la candeur et l'absence de souillures.

On peut également suivre l'exposition habile de l'installation de la maladie, de l'arrivée de la mort.

L'annonce de la scarlatine de la jeune fille est précédée par celle du printemps : « la fièvre des premières nuits merveilleuses annonciatrices du printemps ». Cette fièvre n'est pas immédiatement perçue comme morbide. Elle devrait évoquer la montée de la sève, le regain de vitalité. Il faut pourtant se méfier de Zweig qui manie insidieusement le paradoxe. N'écrit-il pas deux pages plus loin, avant d'introduire la scarlatine, c'est-à-dire la mort : « Pourtant la vie lui envoya un signe » ?

Berger sera une proie facile pour la scarlatine, non on l'a vu parce qu'il est encore un enfant, mais parce que son corps et son esprit sont déjà affaiblis. L'apparition de la scarlatine intervient en effet après plusieurs pages où on le voit fatigué, installé dans le jardin de l'hôpital et songeant, en se comparant aux malades de cette institution, qu'il est « en plus mauvaise santé et plus près de la mort peut-être qu'aucun d'entre eux ». Tout médecin pronostiquerait en lisant ces pages que Berger ne manquera pas de tomber malade malgré sa tendresse pour la jeune fille et son désir de mener à bien ses études médicales.

Il n'est pas certain en revanche que la description de la scarlatine faite par l'auteur soit cliniquement exacte. En dehors de la fièvre, on ne voit pas chez la jeune malade les symptômes de cette maladie. Ses joues sont ainsi rougies par la fièvre et non par une éruption cutanée. On pourrait multiplier les exemples. Le plus frappant est celui de la contamination de Berger qui paraît peu probable. À en juger par les précisions données par Zweig, au moment du baiser (la contamination se fait généralement par la salive), la jeune fille n'est certainement plus contagieuse. De même l'incubation de la maladie chez Berger paraît anormalement longue.

Faut-il cependant y attacher de l'importance ? *La Scarlatine* est une œuvre littéraire et non une description clinique de cette maladie infantile. Mieux vaut s'attarder sur la manière à la fois poétique et paradoxale avec laquelle Zweig traite ce thème.

La Scarlatine est un récit sur l'abandon du monde de l'enfance. On peut le lire, on l'a vu, comme un échec ou une réussite. Il s'agit de toute manière d'une tragédie. Ou bien on sort de l'enfance innocente pour entrer dans le monde des adultes et l'on y perd sa candeur. Ou bien, faute de pouvoir demeurer dans l'enfance, il ne reste d'autre alternative que la fuite et la mort.

Le thème de l'innocence, généralement bafouée ou perdue, a inspiré Stefan Zweig aux commencements de sa carrière littéraire. Ainsi publia-t-il en 1911, trois ans après *La Scarlatine*, un recueil intitulé *Première Expérience. Quatre histoires du pays des enfants*. Il comportait quatre nouvelles : *Conte crépusculaire*, *Brûlant Secret*, *La Gouvernante* et *Le Jeu dangereux*. *La Scarlatine* n'y figurait pas, sans doute parce qu'ainsi qu'on l'a montré, Bertold Berger n'est justement plus un enfant. Il n'en demeure pas moins qu'à cette époque de sa vie, entre son vingtième et son trentième anniversaire, Zweig demeurait préoccupé par la question du passage de l'enfance à l'âge adulte. *La Scarlatine* est au fond une autre variation sur ce thème complexe. Zweig l'avait du reste résumé dans le premier et le dernier vers du poème introduisant les *Quatre histoires du pays des enfants* :

« Ô enfance, étroite prison...
Si je pouvais y retourner ! Comme j'étais pur et frais ! »

Isabelle HAUSSER.

La Josefstadt[1], c'est là qu'il devait prendre une chambre quand il viendrait à Vienne, lui avaient dit ses amis. C'était situé près de l'université[2] et tous les étudiants aimaient y habiter, car l'endroit était calme, un peu désuet, et aussi parce que la tradition avait voulu depuis longtemps que ce fût leur quartier général. Dès son arrivée à la gare, où il avait laissé provisoirement ses bagages, il avait donc demandé son chemin et il avait parcouru une multitude de rues étrangères et bruyantes, côtoyant une foule de gens qui se hâtaient à travers la pluie, comme poursuivis, et ne le renseignaient que de fort mauvaise grâce.

En cette journée d'automne le temps se montrait impitoyable. Une pluie pénétrante s'abattait en clapotant sur la ville, sans trêve, arrachant aux arbres fauves leurs dernières feuilles frémissantes, tambourinant sur toutes les gouttières, et déchiquetant le ciel gris et mélancolique. Parfois le vent la poussait en avant, ainsi qu'une étoffe flottant dans l'air, la projetait à grand fracas contre les murs, et brisait les parapluies des gens. Bientôt on ne vit plus dans la rue que les noires voitures cahotantes avec leurs chevaux fumants et, çà et là, les ombres furtives de rares passants en train de courir.

1. Nom d'un quartier de Vienne non loin de l'université, établie dans la seconde moitié du XIXe siècle sur le Ring (anneau de boulevards construit à l'emplacement des anciennes fortifications de Vienne). Le nom de *Josefstadt* (c'est-à-dire la ville de Joseph) rappelle qu'avant l'agrandissement de Vienne, Josefstadt constituait l'un des nombreux faubourgs de la ville, intégrés ensuite dans le territoire de la capitale.

2. Construite sur le Ring, elle constituait avec l'Hôtel de ville, le Parlement, le Palais de justice, etc., l'un des nombreux édifices élevés au moment de la réorganisation de la ville après 1860.

Le jeune étudiant alla de maison en maison, monta et descendit de nombreuses marches, heureux d'échapper quelques instants à la malignité de la pluie. Il vit un bon nombre de chambres mais aucune ne lui convint. Peut-être était-ce la faute du ciel et de la lumière froide et grise qui donnait à toutes ces pièces une apparence triste et les remplissait d'un air confiné et malsain. Un léger sentiment d'oppression s'éveilla en lui à la vue de la misère et de la saleté de plus d'un logement auquel il avait péniblement accédé par des escaliers tortueux et humides, en quelque sorte le premier pressentiment de la détresse cachée derrière la façade de ces petites maisons penchées, décrépies, de la périphérie[1]. Le courage lui manquait de plus en plus dans sa recherche.

Enfin il se décida. Il s'installa en haut de la Josefstadt, pas très loin de la ceinture de la ville, dans une demeure fort ancienne, massive, présentant les signes d'une aisance patricienne. La chambre était simple et moins spacieuse en fait qu'il ne l'aurait souhaité, mais les fenêtres donnaient sur une grande cour, une de ces vieilles cours que l'on trouve dans les faubourgs, où se dressaient quelques arbres qui bruissaient à présent et frissonnaient légèrement sous la pluie. Il fut attiré par ces timides vestiges de verdure qui lui rappelaient de façon lointaine les jardins de sa région natale et puis, dans l'antichambre, dès qu'il sonna, un canari se mit à exécuter des trilles dans sa cage sans jamais s'interrompre tout le temps qu'il visita la pièce. Cela lui parut de bon augure, et la logeuse lui plut également, une femme d'un certain âge, au visage soucieux, veuve de fonctionnaire, lui dit-elle. Elle n'occupait elle-même qu'un réduit avec sa petite fille, à côté habitait un autre étudiant, ce que signalait déjà la carte de visite sur la porte d'entrée.

Il voulut profiter des quelques heures qui restaient jusqu'au soir pour avoir un bref aperçu de cette ville

---

1. Le jeune homme cherche un logement à l'extérieur du Ring, appelé au paragraphe suivant « la ceinture de la ville », où les loyers sont moins élevés.

« C'était situé près de l'université et tous les étudiants aimaient y habiter, car l'endroit était calme, un peu désuet et aussi parce que la tradition avait voulu depuis longtemps que ce fût leur quartier général. » (p. 47)

étrangère dont il avait rêvé si longtemps, mais la pluie froide, fouettée par le vent, eut tôt fait de lui en retirer l'envie. Il pénétra dans un café, regarda longuement, l'esprit ailleurs, la boule blanche poursuivre la rouge sur la table de billard, entendit la conversation des inconnus qui l'entouraient, s'efforçant de terrasser le sentiment amer de déception qui, lentement, lui montait à la gorge et qu'il aurait voulu pouvoir exprimer par des mots. Il essaya à nouveau de déambuler à travers les rues, mais la pluie était trop tenace. Dégoulinant, trempé jusqu'aux os, il entra dans une auberge où il dîna très vite et sans plaisir, puis il revint chez lui.

À présent il se tenait dans sa chambre et il l'inspectait. Deux vieilles armoires qui penchaient en avant et geignaient lorsqu'on s'approchait d'elles, un lit et une couverture fanée, une lampe blanche qui oscillait mélancoliquement dans l'obscurité de la pièce, un fragile poêle en faïence Vieux-Vienne[1] : tous ces objets se côtoyaient, comme oubliés, sans aucune harmonie, sans grâce ni vie. Çà et là quelques reproductions en couleurs et des photographies, images pâles, dépourvues de lien les unes avec les autres, visages d'inconnus qui peut-être se contemplaient ici depuis des années, alors qu'ils ne s'étaient jamais rencontrés. Du plancher inégal montait un léger froid, une des fenêtres fermait mal et claquait bruyamment quand le vent projetait la pluie contre la vitre.

Il frissonnait. Il se trouvait là, étranger, au milieu de ces vieilleries. Qui avait dormi dans ce lit, qui s'était reposé dans ces fauteuils, qui s'était regardé dans ce miroir où se reflétait maintenant son propre visage d'enfant, blême, rempli de peur et prêt à pleurer ? Rien ici ne lui était familier, rien ne lui rappelait sa vie passée et il sentait la fraîcheur pénétrer jusque dans ses veines.

Allait-il se coucher déjà ? Il était neuf heures. C'était la première fois qu'il dormait sous un toit qui n'était pas

---

1. L'expression Vieux-Vienne ne renvoie pas à un style particulier. Il s'agit plus vraisemblablement d'un poêle carrelé ancien, de style un peu rustique.

le sien. Chez lui, ils devaient être assis autour de la table ronde, doucement éclairés par la lumière chaude de la lampe, à deviser paisiblement. Bientôt, il le savait, sa sœur, la blonde Edith, se dirigerait vers le piano et elle jouerait quelque chose, une mélancolique sonate ou bien une valse gaie, selon ce qu'on lui demanderait. Mais où était-il aujourd'hui, lui qui d'ordinaire se tenait dans l'ombre près d'elle en rêvant, porté par ces sonorités, jusqu'à ce qu'elle se lève et qu'elle lui souhaite affectueusement une bonne nuit ?

Non, il était trop tôt pour dormir. Il alla à sa valise, qu'il avait envoyé chercher entre-temps, et en sortit ses quelques affaires. Tout avait été soigneusement rangé par les siens et, tandis qu'il défaisait cette belle ordonnance, il ne put s'empêcher de penser aux mains qui avaient amoureusement accompli ces gestes pour lui. Parmi les livres il trouva une surprise qui le transporta, la photo de sa sœur qu'elle avait placée là en cachette, et au dos de laquelle elle avait écrit un petit mot chaleureux. Longuement il contempla ce visage clair et souriant, puis il posa le portrait sur le bureau, pour qu'il l'observe avec bienveillance et le console, lui l'exilé. Mais il eut l'impression que le sourire se troublait progressivement et qu'ici, dans l'obscurité, elle partageait sa tristesse. Il n'osait pratiquement plus regarder dans cette direction, tant son expression lui semblait déjà sombre.

Devait-il quitter une fois de plus cette pièce morne, sinistre ? En s'approchant de la fenêtre, il vit la pluie qui ruisselait sans trêve. Sur les carreaux embués les gouttes s'assemblaient, s'immobilisaient, jusqu'à ce qu'une autre les emporte, et alors elles tombaient rapidement, pareilles à des larmes sur les joues lisses d'un enfant. Il en venait toujours de nouvelles, et continuellement elles retombaient de tous côtés, comme si, dehors, le monde entier versait des millions de larmes pour exprimer son chagrin. Il resta sans bouger une demi-heure peut-être. Le bruit sourd de ce jeu, plein d'une souffrance étouffée, ces gouttes qui coulaient sans cesse, le lamento[1] mystérieux des arbres – l'image étrange de cette douleur qui se déchaînait autour de lui s'enfonçait au plus profond de son cœur. Une détresse sauvage s'empara de lui, il était sur le point d'éclater en sanglots.

Il voulut échapper à ce carcan. Était-ce là sa première soirée à Vienne ? Combien de fois l'avait-il déjà vécue par anticipation, en rêve ou bien en bavardant avec sa sœur et ses amis ? S'il ne s'était rien représenté de précis, il avait pourtant imaginé une grande clarté, un tourbillon, une course à travers les rues étincelantes, plus loin, toujours plus loin, comme si le lendemain toute cette splendeur devait avoir disparu, comme si dès la première heure il fallait vivre des moments inoubliables. Il s'était vu plongé dans une conversation enjouée, en train de chanter, rempli de joie, le cœur battant, faisant tourbillonner son chapeau. Et à présent il était là devant une vitre aveugle, frissonnant, seul, et il regardait les gouttes courir, deux, puis trois, de nouveau deux, les yeux rivés sur les rails invisibles le long desquels elles glissaient, et il plissait les paupières afin d'éviter que ses larmes ne se mettent soudain à couler, elles aussi, et à tomber sur ses mains froides. Était-ce vraiment à cela qu'il aspirait depuis des années ?

Comme le temps passait lentement ! L'aiguille sur le cadran de bois de la vieille horloge avançait de façon tout à fait imperceptible. Et il sentait, toujours plus menaçante, la peur du soir, l'angoisse, enfantine, inexplicable, de la solitude dans cette chambre étrangère, une nostalgie violente qu'il ne pouvait nier plus longtemps. Il était tout seul dans cette ville gigantesque où battaient des millions de cœurs et personne ne lui parlait hormis cette pluie qui clapotait, sarcastique, personne ne lui prêtait

---

1. Terme musical emprunté à l'italien qui signifie « plainte ». Se dit donc d'un air plaintif. Le mot utilisé à propos sans doute du bruit du vent dans les arbres est à rapprocher de tous les termes de sens voisin : « larmes, chagrin, douleur, détresse... » présents dans ce passage. De manière très romantique, la nature est à l'unisson des sentiments du jeune homme.

attention, ne le regardait, lui qui luttait contre les larmes et les sanglots, honteux d'être pareil à un enfant, incapable d'échapper à cette inquiétude tapie derrière l'obscurité et qui le fixait, impitoyable, de son regard d'acier. Jamais il n'avait autant souhaité le réconfort d'une parole humaine.

Alors une porte grinça tout près et se referma dans un sifflement. Il bondit de son lit où il s'était recroquevillé et prêta l'oreille. Une voix rauque et pourtant exercée fredonnait un couplet décousu d'une chanson d'étudiants, puis ce fut le frottement d'une allumette et il entendit que l'on manipulait la lampe, manifestement allumée à présent. Il ne pouvait s'agir que de son voisin, un juriste[1] qui, lui avait raconté sa logeuse, était en train de passer ses derniers examens. Il poussa un profond soupir de soulagement, car pour un instant il se sentit moins abandonné. Dans la pièce à côté le plancher craquait sous les pas lourds et fermes du locataire qui l'arpentait, la chanson lui parvenait de plus en plus nette, et soudain il eut honte de se tenir ainsi, tremblant, aux aguets, et sans bruit il se glissa vers la table, comme s'il redoutait d'être vu à travers le mur.

La voix se tut et les bruits de pas cessèrent aussi. Apparemment l'étudiant s'était assis. Le bourdonnement des gouttes reprit alors, comme à son intention, et la solitude, avec toute son horreur, resurgit des ténèbres.

Il avait l'impression d'étouffer dans cet espace réduit. Non, il lui était impossible de rester seul. Il se redressa, attendit que la rougeur de ses joues due à la position allongée ait disparu, s'éclaircit la voix, puis il sortit discrètement et se rendit à la porte de son voisin. Il s'y reprit à deux fois avant de frapper d'un doigt timide.

S'ensuivit un silence manifestement étonné. Enfin on entendit un « entrez » sonore.

Il tourna la poignée. La pièce étroite était entièrement noyée sous une fumée bleue qui l'assaillit et tous les

---

1. Le terme n'est pas à prendre dans son sens actuel ordinaire. Dans ce cas, il s'agit seulement d'un étudiant en droit. Contrairement à Bertold Berger, il est en fin d'études (*cf.* plus loin son succès aux examens).

objets se perdaient de prime abord dans cette brume épaisse dérangée par le courant d'air. Debout, l'occupant des lieux le regardait d'un air surpris. Il avait déjà enlevé sa veste et son gilet, sa chemise entrouverte montrait, sans gêne, une poitrine large et velue, ses chaussures traînaient par terre. C'était une figure robuste, d'une lourdeur paysanne, et, tel qu'il était planté là, il évoquait davantage un ouvrier qu'un étudiant, avec son brûle-gueule[1], d'où il lança une bouffée énergique qui parvint jusqu'à son visiteur.

En entrant, celui-ci balbutia quelques mots. « J'ai emménagé aujourd'hui et, comme j'habite la chambre à côté, je voulais me présenter. »

Son vis-à-vis joignit machinalement les talons[2]. « Très heureux. Schramek, juriste. »

À son tour, le nouveau venu s'empressa de dire son nom, afin de réparer son oubli : « Bertold Berger. »

Schramek l'examina rapidement. « Vous êtes en première année ? »

Berger répondit par l'affirmative, ajoutant aussitôt que c'était aussi son premier jour à Vienne.

« Naturellement vous faites des études de droit. Tous les gens ne font plus que des études de droit.

– Non, je vais m'inscrire à la faculté de médecine.

– Ah, bravo, en voilà un enfin... Mais, je vous en prie, asseyez-vous un moment ! »

C'était une invitation cordiale.

« Vous prendrez bien une cigarette, monsieur mon confrère.

– Je vous remercie, je ne fume pas.

– Bah... vous y viendrez. Les non-fumeurs sont une

---

1. Se dit d'une pipe à tuyau très court, c'est-à-dire proche du visage.

2. Salut quasi militaire en vigueur à cette époque dans les établissements d'enseignement autrichiens où la discipline, justement dénoncée par Zweig dans son autobiographie *Le Monde d'hier*, était excessive. Zweig se moque gentiment de Schramek qui ne peut s'empêcher, même devant un autre étudiant et bien plus jeune que lui, de le saluer de cette manière formelle.

espèce en voie d'extinction. Alors un cognac. C'est du bon.

– Merci beaucoup... non. »

Schramek haussa les épaules en riant. « Cher collègue, ne soyez pas fâché, mais je crois que vous êtes ce qu'on appelle un bonnet de nuit[1]. Pas de cognac, pas de tabac, non, ce n'est pas normal. »

Berger rougit. Il avait honte de s'être montré aussi maladroit et d'avoir dévoilé d'entrée de jeu sa gaucherie, mais il sentait qu'accepter maintenant serait encore plus ridicule. Pour ne pas rester muet, il s'excusa à nouveau de cette visite nocturne. Schramek ne le laissa pas terminer, il l'interrompit en lui posant quelques questions. Ils étaient presque de la même région, l'un de Bohême[2], l'autre de Moravie[2], et ils ne tardèrent pas à se découvrir une connaissance commune. Leur conversation fut bientôt animée. Schramek parla de ses examens et de sa corporation[3], de toutes sortes de bêtises qui semblaient constituer l'essence même de ces années estudiantines pour des natures comme la sienne. Ses propos étaient empreints d'une franche cordialité, d'une gaieté un peu bruyante et d'une aisance acquise de longue date, à la limite de la suffisance. Il était visiblement content d'en imposer à un

---

1. Expression un peu vieillie de même que l'objet qu'il désigne. On dirait aujourd'hui « rabat-joie ». **2.** Berger et Schramek viennent tous deux de régions appartenant à l'époque à l'empire autrichien. Elles font aujourd'hui partie de la République tchèque. Au reste, si le nom de Berger a une consonance typiquement allemande, Schramek évoque davantage des sonorités slaves. **3.** Les corporations étudiantes (*Burschenschaften* en allemand) sont une institution typiquement germanique encore en usage dans certaines universités allemandes.

Il existait différentes corporations rivales, reconnaissables aux couleurs arborées par leurs membres (voir plus loin la casquette rouge). Ainsi que l'explique cette nouvelle, ces corporations cherchaient toutes les occasions de duels et de beuveries. Le signe le plus notable de l'appartenance à l'une d'elles était la balafre au visage (toujours pratiquée dans certaines d'entre elles).

Zweig n'avait aucune sympathie pour ces corporations qu'il décrit avec un certain mépris dans *Le Monde d'hier*. Il en explique l'existence par le fait qu'« en Allemagne et dans l'Autriche allemande [...] le sentiment de classe a toujours prévalu sur les idées démocratiques ».

bleu[1], à quelqu'un de la province. Et il y parvenait davantage qu'il n'aurait pu l'imaginer. Berger écoutait ces récits avec un mélange indescriptible de curiosité et de désir, parce qu'ils lui semblaient annoncer la nouvelle vie qui l'attendait ici à Vienne, il appréciait cette manière crâne[2] de s'exprimer et la façon qu'avait Schramek de souffler sa fumée en larges volutes bleutées. Il était attentif au moindre détail, car c'était là le premier vrai étudiant qu'il rencontrait et il le considérait, avec un manque total de discernement, comme le spécimen le plus parfait.

Il lui aurait volontiers parlé un peu de lui mais il trouva soudain tout ce qui lui était arrivé auparavant si dénué d'intérêt au regard de ces nouveautés, les plaisanteries du lycée, la vie de province lui apparurent si insignifiantes et si plates, ce qu'il avait pensé ou dit jusqu'à présent lui sembla subitement appartenir au domaine de l'enfance, alors qu'ici commençait l'âge d'homme. Schramek ne remarquait pas le moins du monde que Berger ne disait rien, ravi qu'il était du regard timide et admiratif de ce novice. À sa demande, Berger suivit délicatement du doigt les trois balafres d'un rouge vif qui parcouraient le crâne ras de Schramek et il l'écouta avec étonnement raconter provocations en duel et rencontres. La peur se mêlait en lui à l'exaltation à l'idée qu'il se retrouverait bientôt lui-même face à face avec un adversaire, et il pria Schramek de le laisser tenir un instant un des sabres qui étaient dans un coin de la pièce. Mais quelle déconvenue fut la sienne en constatant qu'il avait le plus grand mal à le soulever : celui lui rappela la faiblesse et la maigreur encore enfantines de ses bras, et il ressentit avec une subite jalousie la distance qui le séparait de ce garçon robuste et vigoureux. Il lui semblait parfaitement inouï qu'armé d'un tel sabre on pût fendre

1. Se disait des jeunes recrues au service militaire. Le terme s'est étendu ensuite aux nouveaux dans les écoles. Le bleu, comme ici, a une certaine naïveté qui permet à l'ancien de s'imposer. Voir un peu plus loin le terme de « novice » utilisé également pour décrire Berger.

2. Adjectif un peu vieilli utilisé pour désigner quelqu'un qui fait preuve de courage et de bravoure.

l'air avec légèreté, faire siffler la lame, se jouer énergiquement des parades et taillader le visage d'un étranger. Ces choses banales lui semblaient aussi grandioses et admirables que des hauts faits qu'il aurait aimé pouvoir accomplir, et sa façon humble et émerveillée d'en parler ne contribuait qu'à rendre Schramek encore plus disert et familier. Il s'adressait à Berger comme à un ami ; il déroulait sous ses yeux sa vie entière en une image éclatante qui jamais n'allait au-delà de l'idéal estudiantin, et que Berger contemplait béatement. Il avait découvert le héraut[1] de sa nouvelle existence.

À minuit, ils se quittèrent enfin. Schramek donna une chaleureuse poignée de main à Berger, lui tapa sur l'épaule et, avec cette faculté que l'on n'a qu'à cet âge de se faire spontanément des amis, l'assura qu'il était un « gentil garçon », ce qui combla le jeune homme, complètement sous le charme.

Grisé par toutes ces impressions, il regagna sa chambre, qui soudain ne lui parut plus aussi sombre et désolée, bien que la pluie continuât à clapoter contre la fenêtre et que l'air frais pénétrât par toutes les jointures. Son cœur était plein de ces images miroitantes et inconnues et il était conscient que c'était une chance insigne d'avoir trouvé un ami dès le premier jour. À la vérité une légère mélancolie ne tarda pas à venir se mêler à cette joie, il sentait qu'il était si faible, si puéril, tel un écolier à côté de cet individu qui avait les deux pieds si bien plantés sur terre. Il avait toujours été le plus fragile, le plus choyé, le plus maladif de ses camarades, constamment en retrait dans les jeux et les rires, mais aujourd'hui pour la première fois cela lui était douloureux. Serait-il un jour comme ce Schramek : aussi robuste, aussi fort, aussi libre ? Il fut pris du désir sauvage d'être capable de s'exprimer avec la même adresse, sans détours, de posséder ses biceps, de pouvoir saisir la vie à pleines mains, plutôt que de toujours chercher comment pactiser avec elle. Pourrait-il un jour ressembler à cela ? Sceptique, il scruta

1. Ici le messager.

dans la glace son visage d'enfant effarouché, ce visage étroit et imberbe, et il lui revint à l'esprit que ce bras délicat où ne saillait aucun muscle était à peine parvenu à soulever le sabre. Il se rappela que deux heures auparavant il avait été sur le point de pleurer, ainsi qu'un petit garçon, pour la seule raison qu'il faisait noir et froid et qu'il n'avait personne auprès de lui. La peur s'insinua en lui : qu'allait-il devenir, faible créature, dans cette ville étrangère, dans cette nouvelle existence où il fallait faire montre de force, de courage, d'arrogance ? Non – il se ressaisit énergiquement –, il était résolu à se battre jusqu'à ce qu'il soit enfin un adulte, à égaler son ami en robustesse. Il apprendrait tout de lui : la démarche souple, la façon franche et directe de s'exprimer ; il affermirait sa musculature, deviendrait un homme, comme lui. Tristesse et joie, espoir et découragement s'enchevêtraient, sa rêverie se faisait de plus en plus confuse. Lorsque la lampe se mit à fumer, il se rendit compte qu'il était tard et il s'empressa de se coucher. Au-dehors la pluie de septembre continuait à tambouriner, inexorable.

Tel fut le premier contact de Bertold Berger avec Vienne.

Et rien ne changea au cours des jours suivants : un mélange constant de mélancolie et de gaieté, d'espoir et de déception, un sentiment vague – il ne s'habituait pas, il demeurait un étranger. Ce que Vienne, son indépendance, sa vie d'étudiant devaient lui apporter de grand, de neuf, d'inattendu, ne se produisait pas. Il y avait certes des choses qui lui plaisaient : Schönbrunn[1], dans la lumière délicate de septembre, les allées mordorées qui montaient doucement jusqu'à la gloriette[2] d'où le regard plongeait sur le sublime jardin et sur le château impérial. Ou encore les théâtres, leurs spectacles et la fascinante splendeur de

1. Château impérial de Vienne construit à l'emplacement de forêts où venaient chasser les Habsbourg. Il servait de résidence d'été aux empereurs autrichiens. Le roi de Rome, fils de Napoléon Ier, y résida après l'abdication de son père. **2.** Ce bâtiment fait face au château de Schönbrunn dans le parc.

la foule qu'ils drainaient, les différentes manifestations et les fêtes avec leur élégance, et parfois la rue qui faisait déferler à côté de vous tant de visages beaux et étranges et qui étincelait de milliers de promesses et de tentations. Mais c'était toujours un regard extérieur – la lecture avide d'un livre ouvert, jamais l'immédiateté d'une conversation, d'une expérience.

Son unique tentative pour pénétrer dans ce nouvel univers eut lieu dès les premiers jours. Il avait des parents à Vienne, des gens distingués auxquels il rendit visite et qui ensuite l'invitèrent à dîner. Tous se montrèrent charmants envers lui, y compris ses cousins qui avaient à peu près le même âge, mais il sentit trop que ses hôtes ne faisaient que s'acquitter d'une tâche, il sentit la commisération réprimée dans leur façon souriante de regarder son costume, et il eut honte de son élégance provinciale, de sa timidité qui certainement était pitoyable par rapport à l'assurance de ses cousins. Il fut heureux quand il put prendre congé ; il n'y retourna plus jamais.

Tout le portait vers l'amitié du premier soir à laquelle il s'adonnait avec la passion de l'enfant qu'il était encore. Il mettait son entière confiance en cet être fort et plein de vitalité qui acceptait de bonne grâce son amour débordant, en n'y répondant que par cette cordialité toujours prête des gens foncièrement indifférents. Au bout de quelques jours Schramek usait déjà du tutoiement envers un Berger rougissant de joie, marque d'intimité à laquelle, longtemps après, ce dernier n'avait encore recours que de façon maladroite et hésitante, tant était immense son respect pour la supériorité de son ami. Souvent, quand ils marchaient ensemble, il l'observait à la dérobée dans le but d'imiter cette démarche ample et assurée et aussi la liberté avec laquelle il dévisageait toutes les jolies filles. Ses mauvaises manières même lui plaisaient, les moulinets qu'il effectuait avec sa canne dans la rue, l'odeur de tabac dont ses vêtements étaient imprégnés, les propos bruyants et provocateurs qu'il tenait dans les cafés et ses plaisanteries souvent stupides. Il pouvait écouter des heures Schramek raconter les histoires les plus insignifiantes à propos de filles, de provocations en duel, de fêtes ; malgré lui, toutes ces choses qui lui étaient parfaitement étrangères prenaient de l'importance à ses yeux, elles l'excitaient, elles lui semblaient constituer la vraie vie, son essence même, et il brûlait du désir de connaître de telles expériences. Il espérait en secret que Schramek l'entraînerait dans des aventures de ce genre mais celui-ci avait une façon étrange de le tenir à l'écart des affaires sérieuses. Il ne trouvait manifestement pas assez présentable ce visage enfantin et imberbe car il l'emmenait rarement quand il se rendait à sa corporation ; le plus souvent ils ne se rencontraient qu'au café ou chez lui. Et c'était toujours Berger qui en prenait l'initiative.

Ce dernier ne tarda pas à s'en rendre compte et il en fut secrètement tourmenté. Son amitié, comme toujours chez les jeunes gens, revêtait quelques-uns des traits de l'amour : la violence des sentiments ainsi qu'une légère jalousie. L'amertume l'envahit, sans qu'il osât il est vrai l'exprimer, lorsqu'il remarqua que Schramek se montrait aussi chaleureux et souvent même plus jovial envers des individus très sots, sans intérêt, dont il venait de faire la connaissance. Il prit également conscience que, au cours de toutes ces semaines de fréquentation, en dépit de l'attachement qu'il lui vouait, il n'était pas le moins du monde parvenu à se rapprocher de lui par rapport au premier soir. Cela le contrariait que Schramek ne porte aucun intérêt aux affaires qui le concernaient, alors qu'il débordait d'attention pour les siennes, que jamais il ne lui accorde ni plus ni moins qu'un salut cordial, pour aussitôt se mettre à raconter ses histoires, écoutant à peine lorsque c'était Berger qui parlait.

Et puis, c'était cela le plus pénible : à chaque mot que Schramek prononçait, Berger sentait que son ami ne le prenait pas au sérieux. Il n'y avait qu'à voir comment il l'appelait ! Ce n'était plus Bertold comme au début, mais « gamin », constamment. Le terme se voulait gentil et affectueux, mais il faisait mal chaque fois. Car cela rouvrait une blessure qui depuis des années ne s'était pas cicatrisée : on le considérait toujours comme un enfant.

Longtemps ce feu l'avait dévoré, à l'école on le prenait pour une fille tant il semblait délicat, tant il était timide, et à présent qu'il devait être un homme, il avait l'allure d'un garçonnet, il en avait toutes les hésitations et la sensibilité à fleur de peau. Jamais les gens ne parvenaient à croire qu'il était étudiant. Bien sûr il n'avait pas tout à fait dix-huit ans, mais il fallait qu'il paraisse bien plus jeune encore pour que tous lui trouvent un air si puéril. Il se mit à soupçonner de plus en plus Schramek d'être gêné, à cause de ce seul détail, de le présenter à ses camarades.

Un soir il en acquit la certitude absolue. Il avait longtemps erré par la ville et avait une nouvelle fois ressenti douloureusement l'immensité de sa solitude dans ces rues animées. Il alla donc chez Schramek pour bavarder un peu. Celui-ci, sans se lever de son canapé, le salua chaleureusement.

Sur la table il y avait sa casquette, d'un rouge éclatant qui attira le regard de Berger. C'était son désir le plus cher, le plus secret, d'être introduit par Schramek dans sa corporation où il trouverait tout ce qui lui faisait si cruellement défaut, un foyer, des relations familières, où il pourrait devenir ce qu'il souhaitait être : fort, viril, ce qu'on appelle un homme. Depuis des semaines il attendait une proposition de la part de Schramek, il avait déjà à plusieurs reprises risqué des allusions, à la dérobée, mais elles avaient été manifestement ignorées. Et à présent cette casquette lui brûlait les yeux ; telle une flamme vive, elle paraissait tressaillir sur la table, elle oscillait, incandescente, elle captivait tout son esprit. Il fallait qu'il en parle.

« Vas-tu demain à la taverne ?

– Bien sûr, répondit Schramek, aussitôt excité par cette idée. Cela promet d'être terriblement drôle. Nous admettons parmi nous trois bizuths[1], de rudes gaillards, des costauds.

1. Il s'agit de « bleus » qui vont subir l'initiation leur permettant d'entrer dans la corporation de Schramek (*cf.* l'usage actuel du mot bizuthage).

Il faut que j'en sois, en ma qualité de second du comité directeur. Ça va être fameux. Surtout ne me réveille pas jeudi avant deux heures de l'après-midi, nous rentrerons sûrement fort tard dans la nuit.

– Oui, j'imagine que cela va être terriblement drôle », dit Berger. Il attendit. Schramek resta silencieux. À quoi bon continuer ? Mais sur la table la casquette d'un rouge ardent, d'un rouge de feu, l'attirait... elle brillait ainsi qu'une tache de sang.

« Dis... ne pourrais-tu pas un jour m'introduire... simplement m'emmener bien sûr... tu sais, j'aimerais bien voir cela.

– Mais oui, tu n'as qu'à venir un de ces jours. Demain ça n'est certes pas possible. Mais viens donc voir une fois ou l'autre – seulement à titre d'invité, bien entendu. Ça ne te plaira pas, gamin, car souvent l'ambiance est des plus chaudes, mais si tu le veux vraiment... »

Berger sentit que sa gorge se nouait. Cette casquette, ce rêve brûlant qui le fascinait, il ne les percevait soudain plus que comme à travers la brume. Étaient-ce des larmes ? Sauvagement, dans un hoquet, il s'exclama :

« Pourquoi donc cela me déplairait-il ? Pour qui me prends-tu ? Suis-je un enfant ? »

Il devait y avoir eu quelque chose dans le ton de sa voix, car Schramek se leva d'un bond. Dans un élan véritablement chaleureux il s'approcha de Berger et lui tapa sur l'épaule.

« Non, gamin, ne te fâche pas, c'était pas ce que je voulais dire. Mais, tel que je te connais, je crois que tu n'es pas fait pour ça. Tu es trop délicat, trop sage, trop correct. Il faut être déchaîné, inspirer le respect aux autres, ne serait-ce que par la boisson. Est-ce que tu t'imagines au milieu d'une beuverie ou d'une bagarre, comme il s'en produit à chaque instant dans la salle des fêtes ? Non, n'est-ce pas ? Cela n'a rien de triste, mais tout simplement, là n'est pas ta place. »

Non, il n'était pas fait pour cela ; sur ce point, il le sentait, Schramek avait raison. Mais pour quoi était-il fait ? Qu'est-ce que la vie attendait de lui ? Il ne savait pas s'il devait en vouloir à Schramek pour la franchise de ses propos ou lui en être reconnaissant. Ce dernier avait d'ailleurs une minute plus tard oublié l'incident et continuait à bavarder, mais son interlocuteur était dévoré de plus en plus par la pensée que tous le tenaient pour inférieur. La casquette rouge sur la table le contemplait ainsi qu'un œil maléfique. Il ne s'attarda pas ce soir-là et il regagna sa chambre où il demeura assis jusque bien après minuit, à regarder fixement la lampe, immobile, les mains appuyées sur la table.

Le lendemain Bertold Berger commit une bêtise. Il n'avait pas dormi de la nuit, tant le taraudait l'idée que Schramek le considérait comme un médiocre, un lâche, un enfant. Et alors il avait décidé de leur prouver qu'il ne manquait pas de courage. Il chercherait chicane[1], il se battrait en duel et il lui montrerait ainsi qu'il n'était pas un poltron.

Ce fut un échec. Ses entretiens avec Schramek lui avaient appris comment déclencher ce genre de choses. Dans le restaurant du faubourg où il prenait ses repas, il y avait tous les jours en face de lui, dans la petite salle basse, quelques étudiants membres d'une corporation. Il n'était pas difficile de se quereller avec eux, car c'était là leur seul sujet de conversation, ces prétendus outrages constituaient leur unique centre d'intérêt.

En passant devant leur table, il la heurta à dessein, renversa une chaise, et poursuivit son chemin tranquillement, sans s'excuser. Son cœur battait dans sa poitrine.

Déjà une voix retentissait derrière lui, aiguë et menaçante. « Vous ne pouvez pas faire attention ?

– Gardez vos sermons pour d'autres !

– Quelle insolence ! »

Il revint sur ses pas, réclama la carte de son interlocuteur, donna la sienne. Il fut heureux de constater que sa main

1. Chercher chicane c'est chercher querelle à quelqu'un, autrement dit chercher un prétexte pour provoquer un duel. Toute la scène le montre jusqu'à l'échange de cartes, qui faisait partie du rituel précédant le duel.

ne tremblait pas. Tout s'était déroulé en une seconde. Tandis qu'il sortait fièrement, il entendit la tablée rire et l'un des garçons dire sur un ton enjoué : « Quel gringalet ! » Cela assombrit son contentement.

Puis il se précipita chez lui. Les joues en feu, bégayant de joie, il fit irruption dans la chambre de Schramek qui venait juste de se lever, lui raconta tout, passant il est vrai sous silence la dernière remarque ainsi que le caractère délibéré de sa maladresse. Il allait de soi que Schramek serait son témoin.

Il avait espéré que Schramek lui taperait sur l'épaule et le féliciterait pour sa fermeté. Mais ce dernier regarda d'un air pensif la carte de visite, siffla entre ses dents et déclara, contrarié : « Fallait bien que tu choisisses justement celui-là ! C'est un gaillard fort comme un Turc, une de nos meilleures lames. Il va te tailler en pièces en un rien de temps. »

Berger ne prit pas peur. Il serait mis hors de combat, cela lui était évident puisqu'il n'avait jamais tenu un sabre. La perspective d'une grande balafre au visage le réjouissait presque : on ne pourrait plus lui demander s'il était étudiant. Mais ce qui lui déplaisait, c'était le comportement de Schramek, qui ne cessait de marcher de long en large, la carte à la main, en marmonnant : « Ce ne sera pas facile. Insolence, c'est le mot qu'il a prononcé, n'est-ce pas ? »

Enfin Schramek acheva de s'habiller pour sortir et dit à Berger : « Je vais de ce pas à notre corporation te chercher ton second témoin. Ne sois pas inquiet, je vais tout arranger. »

Berger n'était nullement inquiet. Il éprouvait une joie exaltée, quasi sauvage, à être pour la première fois traité officiellement en étudiant, en homme, à avoir lui aussi un différend à régler. Il ressentit soudain comme une impression de force dans ses membres et, tandis qu'il soulevait le sabre et le faisait tournoyer, il lui parut qu'il pouvait presque être délectable de frapper à toute volée. Il passa l'après-midi entier à arpenter furieusement la pièce en rêvant du duel, et la certitude qu'il aurait le dessous ne lui était en rien douloureuse. Au contraire, ce serait pour lui l'occasion de montrer à Schramek et aux autres qu'il n'était pas timoré, il resterait sur place, le sang dût-il inonder son visage et ses yeux, il ne bougerait pas, même s'ils voulaient l'arracher de là. Alors ils lui proposeraient d'eux-mêmes la casquette rouge.

Son sang bouillait dans ses veines. Lorsque Schramek rentra le soir à sept heures, excité, il bondit à sa rencontre. Schramek était joyeux.

« Et voilà, gamin. Tout est en ordre, c'est réglé.

– Quand nous battons-nous ?

– Mais, gamin, nous n'allons quand même pas te laisser affronter ce garçon-là. L'affaire est classée, naturellement. »

Berger devint pâle comme la mort, ses mains tremblaient, la colère se déchaîna en lui, il sentit les larmes lui monter aux yeux. Il aurait pu gifler Schramek quand il l'entendit déclarer : « Et dorénavant, sois plus prudent ! Cela ne tourne pas toujours aussi bien ! »

Berger essaya en vain de proférer quelques mots. Mais la déception était trop terrible. D'une voix étranglée, il dit finalement : « Quoi qu'il en soit, je te remercie. Mais en agissant de la sorte tu ne m'as pas rendu service. » Et il sortit. Schramek, interloqué, le suivit des yeux. Il mit cette conduite étrange sur le compte de l'énervement du novice, sans se poser davantage de questions.

Berger chercha alors autre chose. Il voulait que sa vie prenne sens enfin. Il était déjà là depuis des semaines et il n'était pas plus avancé qu'à son arrivée. Pareils à des nuages chassés par le vent, les souvenirs s'enfuyaient lentement, l'un après l'autre, vers les lointains, les promesses pleines d'imagination de son enfance pâlissaient et se dissipaient dans les brumes. Était-ce cela, Vienne, la grande ville dont il avait rêvé tant d'années, qu'il avait peut-être appelée de ses vœux dès le jour où, pour la première fois, il avait tracé ce nom sur le papier d'une écriture un peu raide, malhabile ? Ce n'était pour lui sans doute à cette époque qu'une foule de maisons, des manèges plus grands et plus riches en couleurs que celui de la place du marché, chez eux, au moment de la kermesse.

Puis, peu à peu, il avait enluminé ces visions au gré de ses nombreuses lectures, il avait imaginé des femmes séduisantes, désirables, qui se promenaient, coquettes, dans les rues, il avait peuplé les maisons d'aventuriers téméraires, rempli les nuits d'une chaude camaraderie et il avait plongé tout cela dans le tourbillon effréné qui définissait à ses yeux la jeunesse et la vie.

Et qu'était la réalité ? Une chambre exiguë et triste, dont il s'enfuyait le matin pour passer quelques heures dans la chaleur moite d'une salle de travail ; une auberge où il avalait à la hâte son repas ; un café où il tuait le temps à regarder d'un air absent les gens et les journaux[1] ; des rues bruyantes à travers lesquelles il errait jusqu'à ce qu'il soit fatigué et qu'il retrouve l'étroitesse et la nudité de sa chambre. Il alla aussi une ou deux fois au théâtre, mais ce ne fut jamais qu'une expérience cruelle pour lui. Car, debout là-haut au poulailler[2], coincé entre des spectateurs qui ignoraient tout de lui, il voyait en bas de l'orchestre, dans les loges, des messieurs élégants et à la démarche souple, des dames attirantes, décolletées et couvertes de bijoux, il les voyait se rencontrer, se saluer au milieu des rires et de la joie. Ils se connaissaient tous, ils appartenaient au même univers. Les livres n'avaient pas menti. C'était ici que se trouvait la vérité de toutes ces aventures dont il lui arrivait souvent de douter parce qu'il n'y avait pas accès, là était le monde qui, sinon, restait tapi dans le silence des maisons, là se trouvait le destin, l'imprévu. Il le sentait, c'était là qu'était enfoui tout l'or de l'existence. Mais lui regardait, exclu. Oui, les images de son enfance étaient exactes : ici le carrousel[3]

---

1. L'une des particularités des cafés de Vienne était que l'on pouvait venir y lire les journaux. L'établissement les mettait en effet à la disposition de sa clientèle. **2.** Galerie supérieure du théâtre. Les places, très éloignées de la scène, sont les moins chères. L'argent dont dispose Berger ne lui permet pas de s'offrir de meilleures places.

3. Étymologiquement, il s'agit d'une parade équestre. Ici, le terme est à prendre au sens figuré. Il s'agit d'une ronde rapide, d'une succession brillante donnant l'impression de mouvement et de vie, tout ce dont manque le jeune Berger, qui paraît vivre en marge de la réalité et de la société.

flamboyant, multicolore, était plus fascinant que chez lui, la musique en était plus forte, plus enivrante, il tournait avec plus de sauvagerie, à vous couper le souffle. Mais lui se contentait d'être spectateur, il ne participait pas à la ronde.

Ce n'était pas seulement sa timidité qui le tenait à l'écart. Il avait aussi les mains liées par la pauvreté. Ses parents subvenaient à ses besoins, pourtant ce n'était pas suffisant. Cette contribution aidait juste à éviter l'écueil de la privation, elle ne convenait que pour la vie banale, paisible et simple qu'il menait et ne lui aurait jamais permis la profusion, l'excès qui sont pourtant ce que réclame la jeunesse. Il n'aurait su quel usage faire de cet argent qu'il ne possédait pas, mais il était humilié à l'idée que tout ce qu'il ressentait obscurément comme magnifique et grisant lui était refusé : traverser le Prater[1] au grand galop dans un fiacre, passer une nuit dans un endroit élégant en compagnie de femmes et d'amis à boire du champagne, ou encore pouvoir se montrer une fois prodigue pour une simple lubie. Les beuveries estudiantines dans des brasseries enfumées l'écœuraient, et il brûlait de l'envie de plus en plus violente de se déchaîner, ne fût-ce qu'une fois, d'une façon ou d'une autre, pour échapper à l'ennui du train-train quotidien et de connaître des sensations plus vives où se refléterait un peu du dynamisme de la vie et de la fièvre de la jeunesse. Mais toutes ces satisfactions lui étaient interdites et chaque jour s'achevait par son retour triste dans cette chambre étroite qu'il haïssait, où les ombres s'étalaient, comme déversées par des mains maléfiques, où le miroir brillait telle une surface gelée, où il redoutait le soir l'heure du réveil et le matin la longue journée qui s'étirerait désolée, monotone, languide, jusqu'au soir.

À cette époque, avec un zèle infini et quelque peu

---

1. Grand espace vert compris entre les deux bras du Danube. Il était à l'origine réservé à l'aristocratie qui venait y chasser. Ouvert au peuple par Joseph II, il était à l'époque où se situe la nouvelle tout à la fois un lieu de promenade mondain (l'équivalent du Bois de Boulogne à Paris au siècle dernier) et un parc d'attractions populaire.

Stefan Zweig étudiant, en 1902.

« Ce que Vienne, son indépendance, sa vie d'étudiant devaient lui apporter de grand, de neuf, d'inattendu, ne se produisait pas. » (p. 59)

désespéré, il se tourna vers l'étude. Il était le premier arrivé dans les amphithéâtres et dans les laboratoires et le dernier à en partir ; indifférent à ce qui l'entourait, il travaillait avec avidité, sans se soucier de ses camarades auxquels il ne tarda pas à devenir antipathique. Il cherchait par cette frénésie à étouffer d'autres aspirations, et il y parvint. En revenant chez lui, il était si épuisé que, le plus souvent, il n'éprouvait plus le besoin de parler à Schramek. Il s'acharnait aveuglément, sans la moindre ambition, à seule fin de s'étourdir et de ne pas penser à ces choses auxquelles il lui fallait renoncer. Il comprit que cette fièvre recelait un secret merveilleux qui permettait à beaucoup de gens de se cacher l'inutilité et le vide de leur existence et il espéra parvenir ainsi à imposer lui aussi un sens à la sienne, oubliant bien sûr que l'extrême jeunesse ne recherche pas une signification à l'existence mais que ce qu'elle réclame c'est, dans sa diversité, la vie tout entière.

Un après-midi, alors qu'il rentrait un peu plus tôt que d'ordinaire, il songea, en passant devant la porte de son ami, qu'il ne l'avait pas vu depuis quatre jours. Il frappa. Personne ne lui répondit. Cela ne le surprit pas de la part de Schramek à qui il arrivait souvent de dormir encore le soir lorsqu'il avait traîné toute la nuit en compagnie de ses camarades.

Quand Berger ouvrit la porte, il crut que la pièce plongée dans l'obscurité était vide. Pourtant quelque chose se mit à bouger soudain vers le fauteuil près de la fenêtre : une grande fille, assise jusqu'alors sur les genoux de Schramek, se leva d'un bond dans un grand éclat de rire.

Berger voulut repartir aussitôt. Ils ne l'avaient manifestement pas entendu frapper et il était très embarrassé. Mais Schramek s'élança vers lui, prit le jeune homme récalcitrant par le bras et le tira vers le milieu de la pièce. « Voilà comment il est. Ça a peur des filles comme des araignées. Eh non, pas question de filer. Tu vois, Karla, c'est le “gamin” dont je t'ai déjà parlé.

– J'vois rien du tout », dit sur un ton enjoué une voix claire et assez forte. En effet il faisait trop sombre. Berger ne percevait qu'indistinctement des dents blanches qui luisaient à travers les ténèbres et des yeux malicieux.

« Que la lumière soit ! »[1] déclara Schramek en s'affairant autour de la lampe. Berger se sentait très mal à l'aise, son cœur battait la chamade, mais il n'y avait plus aucun moyen de s'esquiver.

Cette Karla ne lui était pas tout à fait inconnue. Elle était la maîtresse de Schramek depuis quelques semaines, c'était une employée de magasin, une jeune personne gaie. À plusieurs reprises il les avait, de sa chambre, entendus tous deux rire et chuchoter, mais, timide comme il était, il s'était arrangé pour ne jamais la rencontrer.

La flamme de la lampe s'éleva. À présent il la voyait, debout devant lui, une belle grande fille, solidement charpentée et saine, aux formes pleines, aux cheveux d'un roux flamboyant et aux larges yeux rieurs, une créature robuste, qui faisait un peu penser à une domestique. Ses vêtements et sa coiffure étaient légèrement négligés ; mais peut-être Schramek venait-il de les déranger. C'était fort probable. Il y avait quelque chose de charmant dans sa façon naturelle, joyeuse, de s'approcher de Berger, de lui tendre la main en lui disant : « Salut ! »

« Alors, il te plaît ? » demanda Schramek. Il trouvait un immense plaisir à mettre Berger dans l'embarras.

« Il est toujours plus joli que toi, répondit Karla, enjouée. Dommage seulement qu'il soit muet. »

Le rouge monta au front de Berger et il voulut proférer quelques mots ; Karla se mit à rire et, se précipitant vers Schramek : « Dis donc, il rougit quand on lui parle.

– Laisse-le tranquille, répliqua Schramek. Il n'aime pas les filles. Il est timide, mais tu finiras bien par le dégeler.

– Évidemment, ça ne serait pas mal. Venez donc, j'vais pas vous mordre. »

Elle lui saisit le bras d'un geste résolu afin de le forcer à s'asseoir.

---

1. Schramek prononce avec ironie cette phrase célèbre de la *Genèse* : « Dieu dit : que la lumière soit ! Et la lumière fut. » (*Genèse* 1.3.)

« Mais, mademoiselle[1]... balbutia Berger, décontenancé.
– T'as entendu ? Il m'a appelée mademoiselle. Mademoiselle ! Apprenez, cher monsieur gamin, qu'à moi on ne dit pas mademoiselle, une fois pour toutes on dit Karla. »

Schramek et Karla se tenaient tous deux les côtes. Berger devait avoir l'air désemparé, il s'en rendait bien compte et, pour ne pas donner une impression trop pitoyable, il se joignit à leur hilarité.

« Tu sais quoi ? déclara Schramek, nous allons faire chercher du vin. Ça le dégourdira peut-être. Eh bien, gamin, allons, paie-nous une bouteille, ou deux plutôt ! D'accord ?

– Bien sûr », répondit Berger. Il retrouvait progressivement son assurance, ces deux-là l'avaient juste pris au dépourvu tout à l'heure. Il sortit, appela la logeuse qui apporta du vin et des verres ; maintenant ils étaient assis tous les trois autour de la table à bavarder et à plaisanter. Karla avait pris place à côté de Berger et buvait à sa santé. Il s'était visiblement enhardi. Parfois, lorsqu'elle s'adressait à Schramek, il osait même la dévisager. Il l'appréciait davantage à présent. Sa chevelure flamboyante formait un contraste séduisant avec la blancheur parfaite de sa nuque. Et puis il était hypnotisé par son aisance, sa vitalité, cette fougue, cette énergie brute, et il ne parvenait pas à détacher son regard de sa bouche rouge et sensuelle qui s'ouvrait quand elle riait en découvrant de solides dents éclatantes.

À un moment, se tournant vers lui pour lui poser une question, elle le surprit, les yeux rivés sur elle. « J'te plais ? gloussa-t-elle, toute joyeuse. Toi aussi, tu m'plais ! » Elle prononça ces mots sans aucune malice, sans volonté

---

1. Ce terme (*Fräulein* en allemand) ne pouvait être utilisé à l'égard de la jeune Karla qui n'appartient pas à la bonne société. Quelques paragraphes plus haut, Zweig la décrit comme « une employée de magasin » et ajoute qu'elle « faisait un peu penser à une domestique ». Sa manière de parler est également très populaire. En allemand à cette époque, le mot est trop formel pour être utilisé en s'adressant à Karla. Il montre l'innocence et la confusion de Berger.

de le flatter, mais cela lui fut agréable, l'espace d'une seconde il fut comme enivré.

Il s'animait sans cesse davantage. Et peu à peu toute l'exubérance enfouie de ses années de lycéen jaillit, ainsi qu'une source chaude, il se mit à parler, à débiter des balivernes, sous l'effet de la boisson tous ses propos pétillaient d'une juvénilité débridée qu'il ne se connaissait pas lui-même. Schramek était lui aussi étonné. « Mais, gamin, que t'est-il arrivé ? Tu vois, c'est comme ça que tu devrais être toujours, au lieu de ce bonnet de nuit auquel nous ne sommes que trop habitués ! – Oui, s'esclaffa Karla, est-ce que j't'avais pas dit tout de suite que j'le ferais causer ? »

La logeuse dut aller chercher à nouveau du vin. La gaieté des trois compagnons se faisait de plus en plus bruyante. Berger, qui d'ordinaire ne buvait presque jamais, se sentait merveilleusement porté par cette atmosphère de fête inhabituelle, il riait, plaisantait et perdait toute timidité. À la troisième bouteille, Karla chantait, puis elle tutoya Berger.

« Tu m'autorises, Schram, pas vrai ? Il est si gentil.

– Mais bien sûr. Allez ! Donnez-vous le baiser de l'amitié ! »

Et, avant que Berger ait eu le temps de réfléchir, deux lèvres humides vinrent se poser sur sa bouche. Ce ne fut ni pénible ni agréable, cela se fondit en quelque sorte, sans laisser de trace, dans les brumes naissantes de cette gaieté sauvage qui le berçait. Il n'avait qu'un désir : que tout continue ainsi, le délicieux tourbillon effréné, la légère ivresse provoquée par cette fille, par le vin et par sa jeunesse. Karla avait elle aussi les joues rouges et de temps à autre elle riait en adressant un clin d'œil à Schramek.

Soudain Schramek demanda à Berger : « As-tu déjà vu mon nouveau sabre ? »

Berger n'était guère intéressé. Mais Schramek l'entraîna. Et, tandis qu'ils se penchaient, il chuchota : « Bon, maintenant éclipse-toi, gamin. Tu n'as plus rien à faire ici. »

Berger l'observa un instant, interloqué. Puis il comprit et dit bonsoir.

Dans sa chambre il eut l'impression que le plancher vacillait légèrement sous ses pieds. Le sang battait à son front et, sous l'effet de la fatigue, il ne tarda pas à s'écrouler sur son lit. Le lendemain, pour la première fois, il manqua son cours.

Cette rencontre, si fugace fût-elle, avait néanmoins diffusé dans ses veines un léger émoi. Il se plongea dans de confuses pensées : cette soif d'amitié n'était-elle pas un leurre, un malentendu ? N'y avait-il pas dans ce désir de quitter sa solitude pour une chaude intimité une autre aspiration, péniblement dissimulée ?

Il songea aux moments passés en compagnie de sa sœur. Il pensa à ces soirs bleutés où, assis près d'elle dans le jardin devenu obscur, il ne percevait plus ses traits et ne discernait que la lueur blanche de sa robe, très faiblement, de même que l'on remarque souvent un dernier nuage qui brille délicatement dans un ciel déjà aux prises avec la nuit tombante. D'où venait le bonheur intense qu'il éprouvait alors, lorsque cette voix prononçant des paroles affectueuses s'élevait des ténèbres, argentine et douce, maintes fois rieuse et claire, puis à nouveau pleine de tendresse, lorsque cette musique s'envolait vers son cœur, pareille à une brise caressante ou à un oiseau familier ? Ne s'agissait-il vraiment que d'une complicité entre frère et sœur, ou ne pouvait-on pas deviner là – quelque part, enfoui très profondément et atténué par une amitié dénuée de convoitise – le plaisir caché de la présence féminine, la sensation particulièrement heureuse de la féminité ? Et tout ce à quoi il aspirait sourdement ici n'était-ce pas, peut-être, la nostalgie d'une autre âme éclairant son existence ?

Depuis cette soirée, il le savait avec certitude, ce qu'il recherchait c'était une femme, n'importe laquelle. Non pas tant une liaison, une histoire d'amour, mais simplement une tendre affinité. Toutes les choses inconnues et merveilleuses qu'il espérait n'étaient-elles pas liées aux femmes ? N'étaient-elles pas les gardiennes de tous les secrets, elles qui tout à la fois charmaient et promettaient, désiraient et étaient désirées ? Il se mit à prêter davantage attention à elles dans la rue. Il en vit beaucoup qui étaient jeunes et belles et qui avaient au fond des yeux cette petite étincelle si révélatrice. À qui appartenaient celles qui semblaient danser en marchant, qui observaient tout d'un air altier, comme si elles étaient des reines, qui reposaient voluptueusement dans leur voiture en effleurant d'un regard nonchalant les badauds éperdus d'admiration ? Ne connaissaient-elles pas, elles aussi, la nostalgie, et n'y avait-il pas fatalement dans la grande ville, derrière ces milliers de portes, derrière ces innombrables fenêtres frileusement voilées, parfois ouvertes avec fièvre, un grand nombre de femmes éprouvant une aspiration semblable à la sienne, et qui lui tendaient pour ainsi dire les bras ? N'était-il pas jeune comme elles, et la même langueur ne coulait-elle pas dans toutes les veines ?

À présent il fréquentait moins l'université et il errait plus souvent à travers les rues. Il lui semblait qu'il finirait à coup sûr par en rencontrer une qui saurait lire dans le frémissement de ses yeux, que le hasard l'aiderait, qu'un événement inattendu se produirait. Il était la proie de la jalousie et d'une envie sauvage lorsqu'il voyait, juste devant lui, des jeunes garçons engager la conversation avec des filles, il apercevait des couples tendrement enlacés qui s'enfonçaient au crépuscule dans les parcs et il ressentait de façon de plus en plus pressante le besoin de vivre lui aussi quelque chose. Certes il ne rêvait pas d'une relation tumultueuse, mais de la présence d'une femme, à l'image de sa sœur, paisible et tendre, gentille et affectueuse, d'une loyauté d'enfant, et dont la voix merveilleuse s'élèverait dans le soir. Cette vision habitait ses nuits.

Tous les jours, en rentrant chez lui à midi par la Floriangasse[1], il croisait des essaims d'adolescentes. C'étaient des lycéennes de quinze, seize ans qui sortaient de l'école, papotant par petits groupes, elles allaient de

1. Rue reliant la Josefstadt à l'université.

la démarche sautillante propre à cet âge, constamment aux aguets, gloussant, balançant leurs livres. Chaque jour il les voyait de loin, avec leurs frais minois rieurs, leurs corps élancés, leurs jupes courtes, leurs hanches qui oscillaient légèrement ; cette gaieté insouciante, encore enfantine, le remplissait du désir violent d'apprendre auprès d'elles à rire et à être joyeux, tout simplement. Chaque jour il les voyait. Et maintenant elles le connaissaient. Quand il arrivait, elles se donnaient des coups de coude, ostensiblement comme le font les jouvencelles, elles s'esclaffaient et le dévisageaient avec impertinence, d'un air provocant, tandis que, immanquablement, il s'empressait de détourner la tête et passait son chemin à la hâte. Dès qu'elles eurent remarqué son trouble, sa timidité, et la façon rougissante qu'il avait d'esquiver leur regard, elles s'enhardirent toujours davantage, sans qu'il trouvât jamais le courage de leur adresser la parole. N'étaient-elles pas plus garçons, plus hommes que lui ? Avec sa stupide gaucherie n'était-il pas semblable à une fille, aussi puéril et plein de confusion ?

Il se souvint d'une farce de sa sœur quelques années plus tôt. En cachette elle l'avait habillé en fille et elle l'avait propulsé au milieu de ses amies qui ne l'avaient pas reconnu d'abord, puis l'avaient joyeusement assailli de mille facéties. Le petit garçon qu'il était encore à l'époque était resté planté là, tremblant, les joues empourprées, osant à peine lever les yeux vers le miroir qu'elles lui avaient apporté. Déjà en ce temps-là il était timide et peureux, mais ce n'était encore qu'un enfant. À présent il était presque un homme et se montrait toujours incapable de soutenir un regard rieur, incapable d'être fort et brutal ainsi que la vie l'exigeait. Pourquoi ne pouvait-il pas ressembler à Schramek ou à tous les autres ? Était-il véritablement inférieur, pareil à un bambin ?

Sans cesse il revoyait cette scène où, travesti, face à ces créatures exaltées et hilares, il n'avait cessé de regarder fixement le plancher. Qu'étaient-elles devenues ? Elles connaissaient l'amour, les baisers, portaient des robes longues, plusieurs étaient déjà mères de famille. Toutes avaient quitté la chambre d'alors, toutes avaient abandonné l'enfance pour s'élancer dans la vie. Lui seul était demeuré là, fillette plutôt qu'homme, gamin troublé, rougissant, dans cette pièce désertée, sans trouver le courage de relever les paupières...

Un après-midi, à la fin du mois de janvier, il retourna chez Schramek. Ses visites se faisaient plus rares à présent, depuis qu'il s'était laissé séduire par cette flânerie solitaire à travers la ville où il trouvait une douce volupté. Le temps était détestable. La neige des derniers jours avait fondu mais le vent restait vif, cinglant, et tenait la rue à sa merci. Des nuages filaient dans le ciel gris qui semblait être devenu aveugle. Une pluie drue et pénétrante tombait à présent, transperçant la peau comme autant d'aiguilles de glace.

Schramek le salua à peine. Il se montrait toujours sans égards et grossier lorsque quelque chose n'allait pas dans ses affaires. Il marchait de long en large, nerveusement, tirant sans cesse sur sa pipe. Par moments il revenait brièvement sur ses pas, comme sur le point de poser une question. « Quelle poisse ! » grognait-il entre ses dents.

Berger restait assis, sans bouger. Il n'osait pas lui demander ce qui se passait. Schramek se déciderait bien à parler, il le savait.

Et en effet il explosa enfin. « Quel temps de cochon ! Il ne manquait plus que ça. Je vais devoir courir maintenant partout avec toutes ces bêtises ! »

Il se remit à arpenter furieusement la pièce, en faisant siffler sa règle dans l'air. « De quoi s'agit-il ? demanda prudemment Berger.

– Mon freluquet de tuteur[1] a bousculé avant-hier deux individus. Ça commence aujourd'hui à quatre heures et ça reprend demain. Et mon examen qui est dans huit jours ! J'aurais vraiment d'autres chats à fouetter. En plus

1. Au sein des corporations étudiantes, chaque nouvelle recrue choisit un tuteur ou parrain qui l'assiste à ses débuts dans la corporation et auquel il peut s'adresser en cas de problème. Il est normal inversement que Schramek aide son tuteur avant son duel.

il est allé s'en chercher deux qui vont sûrement le battre, ce crétin. Si j'suis recalé, c'est fini, je n'aurai plus qu'à remettre ça et attendre toute une année encore, comme les gamins à l'école. Le moyen de pas se faire de la bile ! »

Berger ne répondit rien. Il n'avait pas été long à reconnaître la stupidité de tous ces duels derrière leur aspect séduisant, derrière leur façade brillante. Depuis qu'il avait pris part à une réunion de corporation et qu'il avait vu les étudiants, au terme de toutes leurs cérémonies, ivres et le teint terreux dans le petit matin, depuis que, à l'extérieur de la ville, il avait assisté dans une pièce étroite et sale à une rencontre, le sérieux avec lequel ces affaires étaient traitées ne suscitait plus chez lui qu'un faible sourire et il n'éprouvait plus le moindre intérêt pour ces différends. Certes, jamais il n'avait osé l'avouer à Schramek, qui avait cela dans le sang. Ils étaient à présent assis tous les deux, silencieux, chacun dans ses pensées, tandis qu'au-dehors le vent se déchaînait toujours plus fort.

À cet instant on sonna. Et aussitôt après on frappa à la porte.

Karla entra, le chapeau de travers, des mèches de cheveux trempés sur son visage jovial. « Je dois être belle, hein, pas vrai ? Salut. » Elle alla vers Schramek et l'embrassa. Il s'écarta avec mauvaise humeur. « T'as peur que j'te mouille avec ma veste, bêta ? » Elle remarqua alors Berger. « Salut, gamin ! »

Elle enleva sa veste et la jeta sur le canapé. Personne ne parlait. Berger se sentait légèrement mal à l'aise. Depuis le soir où ils s'étaient donné le baiser de l'amitié il avait revu quelquefois Karla, mais sans jamais retrouver cette atmosphère de camaraderie innocente et spontanée. La vague brûlante de sensualité qui avait déferlé entre-temps sur son existence le rendait inquiet et agité en présence d'une femme. Il avait presque peur de la violence de ses sentiments.

Schramek demeurait muet. Il était maussade, il pensait

sans cesse au duel et à son examen. Le silence se faisait de plus en plus désagréablement pesant.

Karla lançait à présent des regards irrités. « Il me semble que je dérange monsieur. C'est donc pour ça que j'me suis libérée cet après-midi, pour vous voir dormir les yeux grands ouverts ? Charmante compagnie, j'dois dire. »

Schramek se leva et mit son pardessus. « Chère enfant, ta visite me fait toujours plaisir, tu le sais. Sauf que maintenant je dois m'en aller ; il est trois heures et demie et à quatre heures Fix se bat à Ottakring[1].

– Bien fait pour lui, ce vaurien, ça lui apprendra à être aussi insolent avec tout le monde ! – Alors tu veux partir. Et moi, qu'est-ce que je deviens ? Il faut peut-être que je déambule dans les rues, par ce temps ?

– Chère enfant, je ne rentrerai pas avant sept heures. Tu peux rester ici.

– À quoi faire ? Dormir ? Merci bien, ça a été mon occupation de neuf heures hier soir jusqu'à ce matin. Emmène-moi. J'aimerais bien voir Fix se faire tailler en pièces.

– Ça n'est pas possible, qu'est-ce qui te prend ?

– Bon, eh bien soit, j'attendrai là. Le gamin va me tenir compagnie. N'est-ce pas, gamin ? »

Berger ne sut que répondre. De telles décisions prises à brûle-pourpoint lui ôtaient toute défense. Il osait à peine la regarder. Le couple éclata de rire.

« Bien sûr, dit Schramek qui avait retrouvé sa bonne humeur. Bien sûr, je vais vous laisser seuls tous les deux. As-tu seulement idée de la sournoiserie du gamin ?

– Mais c'est pas un gamin, c'est une gamine. »

Ils s'esclaffèrent à nouveau. Comme ils me méprisent, pensait Berger. Pourquoi n'arrivait-il pas à partager leur hilarité, pourquoi se montrait-il si balourd, incapable de trouver un mot, une plaisanterie, rien, absolument rien. Il sentait la colère monter en lui.

« D'accord, c'est bon, déclara Schramek. Je prends le

---

1. Faubourg de Vienne aujourd'hui incorporé dans la capitale.

risque. Mais qu'est-ce que je ferai si vous me jouez un mauvais tour ?

– Il faut être deux, pour ça.

– Eh bien, tu sais, euh... en ce qui te concerne je ne mettrais pas ma main au feu.

– C'était pas de moi que j'parlais. »

Et ils se remirent à rire tous deux, de ce rire franc et plein de vitalité, qui ne se voulait nullement méchant mais qui brûlait pourtant Berger comme des coups de fouet. Être loin, que ne pouvait-il être loin, à des milliers, des dizaines de milliers de lieues, songeait-il confusément. Ou dormir. Ou encore être aussi joyeux qu'eux. Mais surtout ne pas rester assis, comme cela, sans un mot. Ne pas être aussi maladroit et timide, ne pas être pareil à un enfant troublé et ne pas laisser les autres vous plaindre.

Schramek mit sa casquette. « Soit, essayons ! Mais gare à vous si... Je serai rentré à sept heures. Sois sage, gamin ! Si tu as fait des bêtises, je le verrai à ton regard. Et n'assomme pas cette pauvre fille ! Salut ! »

Il prit vigoureusement Karla par la taille si bien qu'elle se tortilla en gloussant, lui donna quelques baisers sonores, adressa un signe de la main à Berger et disparut. On entendit claquer la porte de la maison.

Maintenant Berger et Karla étaient seuls. Le vent faisait danser la pluie dans la rue et par moments il y avait un craquement dans le poêle, comme si quelque chose se déchirait. Il régnait un calme de plus en plus profond, on pouvait percevoir le souffle ténu de la pendule dans la pièce voisine. Berger avait l'air de dormir. Sans lever les yeux, il était conscient qu'elle l'observait d'un air amusé. Ce regard agissait sur lui à la manière d'une légère décharge électrique, effleurant sa chevelure pour descendre ensuite jusqu'à ses pieds. Il lui semblait qu'il allait étouffer.

Assise, les jambes croisées, Karla attendait. À présent elle se penchait en avant. Elle souriait doucement. Et soudain elle dit, rompant le silence : « Gamin, t'as peur ? »

En effet, c'était cela. Comment le savait-elle ? La peur, voilà ce qu'il éprouvait, rien d'autre qu'une peur bête et puérile. Mais il fit un effort sur lui-même et proféra ces mots : « De qui ? De toi peut-être ? » Sans le vouloir, il se montrait grossier.

Un lourd silence reprit possession de la pièce. Karla se leva, défroissa sa robe, se recoiffa devant le miroir et constata qu'elle avait sur son visage une expression rieuse. Puis elle se retourna à demi. « Franchement, t'es épouvantablement ennuyeux, gamin. Si tu m'racontais quelque chose. »

Berger se sentait de plus en plus irrité contre elle et contre lui-même à cause de sa maladresse. Il était sur le point de lui répondre à nouveau de façon cinglante, mais elle s'approcha de lui, gentille, familière, s'assit à son côté et se mit à mendier comme un petit enfant. « Raconte-moi quelque chose. N'importe quoi de bête ou d'intelligent. Vous qui passez la journée entière dans vos livres, vous devez bien en savoir, des choses. » Elle était appuyée tout contre lui. Avec chacun elle faisait preuve de cette liberté et de cette familiarité. Mais la chaleur douce de ce bras posé sur le sien le troubla.

« Je n'ai pas d'idées.

– J'ai l'impression que tu n'as *jamais* d'idées. Mais au fond qu'est-ce que tu fais de tout ton temps ? À mon avis, tu traînailles. Récemment j't'ai vu dans la Josefstädterstrasse[1], mais tu étais pressé ou bien tu n'as pas voulu me reconnaître. Je crois bien que tu suivais une fille. »

Il voulut protester.

« Allons, allons, y a rien de mal à ça. Dis, gamin, est-ce que tu as une bien-aimée ? »

Elle l'observait en riant et se délectait de son trouble. « Voyez-moi ça, il rougit, en plus. J'le savais bien que tu en avais une, espèce de cachottier. J'aimerais bien la rencontrer, celle-là. De quoi elle a l'air ? »

Dans son désespoir il ne trouva, pour masquer sa gêne, qu'une issue, toujours la même : se montrer grossier.

---

1. Rue de Vienne reliant l'ancien faubourg de Josefstadt au Ring.

« C'est mon affaire. En quoi cela te regarde-t-il ? Occupe-toi de tes amours à toi !

– Mais gamin, pourquoi cries-tu ainsi ? Tu me fais terriblement peur. » Elle feignait l'effroi.

Il bondit. « Et puis ne m'appelle pas toujours gamin. J'en ai assez.

– Mais Schramek aussi t'appelle comme ça.

– C'est différent. »

Karla s'esclaffa. Il lui plaisait énormément dans sa colère enfantine.

« Eh bien, maintenant j'ferai exprès de le dire. Gamin, gamin, gamin, j'l'ai dit trois fois ! »

Les narines de Berger frémirent. « Je t'ai demandé d'arrêter. J'en ai plus qu'assez.

– Gamin – gamin ! »

Il serra les poings. Le sang lui monta au visage. Il se tenait à un pas d'elle. Elle l'entendit haleter et vit l'éclat menaçant de ses yeux. Instinctivement elle recula. Mais aussitôt après son exubérance reprit le dessus. Les mains sur les hanches, riant d'un rire qui découvrait ses dents étincelantes, elle s'exclama, comme pour elle-même : « Ça alors ! Voilà que gamin devient méchant. »

Alors il se jeta sur elle. Ce dernier quolibet avait fait l'effet d'un coup de fouet. Il voulait la rouer de coups, lui infliger une correction, afin qu'elle ne le raille plus. Mais l'énergique et robuste fille lui attrapa les mains d'un geste adroit et les lui tordit. Il ressentit une vive douleur aux poignets sous la violence de cette parade. Tout mouvement lui était impossible, elle le tenait à sa merci comme un enfant, comme un jouet. Leurs visages se touchaient presque : celui de Berger déformé par la colère, les yeux gonflés de larmes prêtes à jaillir, celui de Karla surpris, conscient de sa force, presque souriant, dominateur. Pendant une longue minute elle l'écarta, ainsi qu'un chiot qu'on veut empêcher de happer quelque chose. Quelques secondes encore et il se serait immanquablement effondré, les poignets brisés. Alors elle le lâcha et le fit reculer doucement. « Bon – sage maintenant ! »

Mais il bondit à nouveau sur elle. La conscience de

s'être si piteusement débattu sous son étreinte le rendait furieux. Il allait à présent la mater, la terrasser. Elle n'avait pas le droit de rire de lui. Il l'empoigna soudain par la taille, cherchant à la jeter à terre. Et maintenant ils haletaient tous deux, l'un contre l'autre, elle étonnée et amusée de ce courroux incompréhensible, lui en proie à un acharnement fébrile, les dents serrées. Ses mains s'agrippaient de plus en plus fort à ce corps souple, sans corset[1], qui l'évitait toujours adroitement, elles s'accrochaient aux hanches larges et solides. Dans la lutte, son visage effleura les épaules et la poitrine de Karla, il sentait confusément un parfum suave, chaud, enivrant qui peu à peu affaiblissait ses bras, il entendait les battements bruyants et espacés de son cœur et les éclats de rire prêts à jaillir du fond de cette gorge collée à la sienne ; il avait l'impression que ses muscles allaient se raidir. Pareille à un tronc d'arbre, cette charpente robuste de fille de la campagne subissait ses assauts, cédant parfois légèrement sans jamais ployer, semblant tirer de cette résistance une énergie toujours accrue. Jusqu'au moment où ce jeu finit par la lasser et où elle se libéra, en deux, trois prises. Elle le repoussa d'un geste brusque, le projeta loin d'elle. « Ça suffit maintenant ! » Sa voix était pleine de colère et presque menaçante.

Il recula en chancelant. Son visage était en feu, ses yeux injectés de sang et tout tourbillonnait devant lui dans une lueur incandescente. Pour la troisième fois il repartit à l'assaut, aveuglément, en automate ; il agitait les bras tel un homme ivre. Et soudain rien ne fut plus pareil. Ce parfum sauvage qui se dégageait d'elle, le bruissement de sa robe, la chaleur de ce corps souple l'avaient rendu fou. Il ne voulait plus frapper ou corriger, ce qu'il voulait c'était s'emparer de cette femme qui avait mis ses sens en émoi. Il l'attira contre lui, enfouissant son visage dans sa chair brûlante, ses mains fébriles cherchaient à se saisir d'elle tout entière et ses lèvres se

1. Signe supplémentaire que Karla n'appartient pas à la bonne société. Son corps y gagne en souplesse ce qu'il perd en dignité.

perdaient dans sa robe tandis que, haletant, il s'efforçait de la renverser. Elle continuait à rire, légèrement excitée à son contact, mais il y avait à présent dans son rire une sonorité étrangère, rauque. Elle paraissait plus agitée, sa gorge palpitait, elle se serrait avec davantage de fougue contre lui, ses mains vigoureuses tremblaient de plus en plus nerveusement. Sa chevelure défaite flottait sur ses épaules, lourde et capiteuse. Son visage était toujours plus brûlant. Pendant qu'ils se battaient, sa blouse s'entrouvrit, un bouton sauta et soudain Berger aperçut dans un éclair la blancheur de sa poitrine. Exténué, il poussa un gémissement. Il était conscient qu'elle ne cherchait nullement à lui résister, qu'elle voulait juste qu'il la prenne de force, mais même cela lui était impossible. Il s'acharnait, impuissant, sur elle. Un instant on eût dit qu'elle allait d'elle-même se renverser. Elle rejeta voluptueusement la tête en arrière, il vit ses yeux étinceler d'une lueur subite qu'il ne connaissait pas. Et ce fut presque tendrement qu'elle dit, dans un soupir sauvage et impatient : « Mais gamin, gamin ! » Alors il s'agrippa à elle et, lorsqu'il sentit que ses maigres et fébriles mains d'enfant ne parvenaient pas à la faire tomber, il empoigna soudain d'un geste avide sa chevelure fauve pour l'entraîner d'un coup vers le sol. Elle poussa un cri de colère et de douleur. D'une secousse furieuse elle projeta loin d'elle ce corps frêle qui vola à travers la pièce, tel un ballot léger.

Berger chancela et trébucha. Puis il alla s'échouer à grand fracas dans un coin, parmi les sabres. Une entaille remonta de sa main jusqu'à son bras.

Il resta une minute allongé, comme étourdi. Et déjà elle s'approchait, encore frémissante d'excitation, mais inquiète : « Tu t'es fait mal ? »

Il ne répondit pas. Elle l'aida à se redresser, tout en le cajolant. Il n'y avait en elle nulle méchanceté. Il eut du mal à se mettre debout. Il avait en effet dissimulé sa main gauche dans la poche de sa redingote afin qu'elle ne remarque pas sa blessure. Il ne voulait pas l'avouer. Il brûlait de fureur à l'idée de la pitoyable faiblesse dont il avait fait preuve en n'étant pas même capable de venir à bout d'une femme consentante. Un instant il crut qu'il allait se ruer de nouveau sur elle. Mais il sentit dans sa poche le sang qui s'écoulait, brûlant, de sa blessure.

Il tituba en avant sans un regard pour celle qui, effrayée, cherchait à l'aider. Il avait les yeux embués de larmes. C'est à peine s'il voyait la porte à travers ce nuage. Tout en lui n'était que vide, indifférence. Dans sa poche son sang ruisselait : c'était la seule chose dont il avait encore vaguement conscience. Il allait à l'aveuglette droit devant lui... la porte... sortir... sa chambre.

Arrivé là, il se laissa tomber sur le lit. Le bras blessé pendait par-dessus le rebord. Il continuait de saigner et de temps à autre une goutte venait s'écraser sur le sol. Berger n'y prêtait pas attention. Il était agité par quelque chose qui voulait l'étouffer. Et enfin il éclata en une gigantesque crise de larmes, en sanglots sauvages et déchirants qu'il enfouit dans les coussins et qui plusieurs minutes durant fouettèrent son corps d'enfant fiévreux. Puis il se sentit libéré.

Il prêta l'oreille. Dans la pièce voisine Karla marchait bruyamment, exprès. Il ne bougea pas. Les pas se turent. À présent elle faisait claquer les portes des armoires, elle tambourinait sur la table pour attirer l'attention sur elle. À l'évidence elle attendait qu'il revienne.

Il demeurait aux aguets. Son cœur battait de plus en plus fort mais il se tint immobile.

Elle marcha encore de long en large pendant quelques instants. Puis elle sifflota une valse en marquant la cadence. Peu à peu le silence se fit. Au bout d'un certain temps il entendit la porte de la maison s'ouvrir et se refermer lourdement.

Pendant toute cette interminable nuit, ainsi que le lendemain matin, Berger avait pensé que Schramek viendrait lui demander des comptes sur ce qui avait eu lieu entre Karla et lui. Il était hors de doute pour lui que Karla avait aussitôt tout raconté à Schramek, il ignorait simplement si elle avait décrit l'incident comme une sournoise agression ou comme l'effet d'une saute d'humeur insensée. Il avait passé la nuit entière à s'ingénier à trouver ce qu'il pourrait répondre à Schramek, il avait élaboré de longues conversations où alternaient l'attaque et la défense, et il avait même imaginé certains gestes pour couper court à la discussion au cas où il serait dans une impasse. Il savait une chose : leur amitié ne tenait qu'à un fil ; ou tout était fini, ou il fallait recommencer de zéro.

Mais son attente fut vaine. Schramek ne vint pas, non plus que les jours suivants. Ce n'était pas si curieux en fait, car Schramek avait coutume de n'aller chez Berger que pour lui demander un service ou lorsqu'il avait besoin de parler, sinon c'était toujours Berger qui devait se déplacer s'il voulait le rencontrer. Seulement cette fois-ci, se sentant coupable, il eut l'impression que Schramek agissait de la sorte intentionnellement, et il ne se rendit pas chez lui, attendant avec une obstination acharnée et sourde qui lui faisait mal. Il passa ces quelques journées dans la plus complète solitude. Il n'avait aucune visite et il était plus humilié que jamais à l'idée qu'il n'était nécessaire à personne, que nul ne l'aimait, que nul n'avait besoin de lui. Il prit alors une conscience redoublée de ce que cette amitié représentait encore à ses yeux, en dépit de toutes les déceptions et vexations.

Cela dura ainsi une semaine. Un après-midi où il était assis à son bureau, essayant de travailler, il entendit des pas rapides qui se dirigeaient vers sa porte. Il reconnut aussitôt la démarche de Schramek et se leva d'un bond. Au même moment la porte s'ouvrit brusquement, fut refermée à la volée et Schramek se tint devant lui, hilare, essoufflé ; il posa sur lui ses deux bras et le secoua vigoureusement.

« Salut, gamin ! Depuis le temps qu'on ne t'a pas vu ! Tous les autres étaient là, sauf toi, parce que tu passes ta journée à bambocher. Eh bien, on y arrive aussi de cette façon-là. Oui, je suis reçu et, Dieu merci, c'était mon dernier examen. Dans huit jours il faudra m'appeler docteur[1]. »

Berger était ahuri. S'il avait envisagé bien des éventualités, jamais il n'aurait imaginé de semblables retrouvailles. Il parvint tout juste à balbutier quelques mots de félicitations. Mais Schramek l'interrompit.

« Oui, oui, ça va, ne te fatigue pas. Et maintenant en avant, viens dans ma chambre, on va fêter ça comme il convient et il faut aussi que je te raconte tout. Eh bien, allons ! Karla est déjà là. »

Berger fut pris de frayeur. Il redouta soudain d'être confronté à Karla, car elle le tournerait en ridicule et il se retrouverait rougissant comme un écolier entre ces deux individus. Il voulut se dérober.

« Il faut que tu m'excuses, Schramek, mais je ne peux pas, avec la meilleure volonté du monde. J'ai terriblement à faire.

– À faire ? Qu'est-ce que tu as à faire, mon garçon, alors que je viens d'être reçu à mon dernier examen ? Tu as seulement à te réjouir et à me suivre, et rien d'autre. En avant ! »

Il le prit par le bras et l'entraîna. Berger se sentait trop faible pour résister. Il avait vaguement conscience du pouvoir que Schramek exerçait encore sur lui. Il le prenait comme une fille et pour la première fois Berger comprit vraiment comment une femme ne pouvait qu'être vaincue par quelqu'un d'aussi fort, d'aussi gai, d'aussi jovial, contre son gré, par le seul effet de l'obscure admiration que suscitait une telle puissance physique. Et en cet instant, la femme devait éprouver envers l'homme les mêmes sentiments que ceux que Schramek lui inspirait : de la haine, de la colère, et aussi une certaine volupté d'avoir cédé à la force. Il ne se rendit pas compte qu'il marchait, et, sans savoir comment, il se trouva soudain dans la chambre de Schramek.

---

1. Dans les pays germaniques, l'usage veut qu'on appelle « docteur » tous les titulaires d'un doctorat et pas seulement, comme en France, les docteurs en médecine.

Immédiatement il vit Karla. Lorsqu'il entra, elle se dirigea vers lui, lui lança un regard étrange et chaleureux qui l'enveloppa ainsi qu'une vague de douceur et, sans un seul mot, lui tendit la main. Elle l'observa à nouveau, avec curiosité, un peu comme s'il était un étranger, et en même temps, ce n'était pas tout à fait cela.

Schramek s'affairait autour de la table. Il lui était indispensable de s'activer et il fallait qu'il parle ; son allégresse était trop vive, il devait l'extérioriser. Quand quelque chose le tenait, il avait besoin de gens pour se vider de ce trop-plein, sinon il était au fond d'un naturel indifférent et plutôt renfermé. Mais aujourd'hui tout son être était en effervescence et brûlait d'une joie farouche et puérile.

« Alors, qu'est-ce que nous allons boire ? Je ne peux rien vous raconter si j'ai le gosier sec. Pas du vin, n'est-ce pas ? Sinon nous ne l'apprécierions plus ce soir, et ce soir on va faire la bombe. Préparons plutôt une tisane. Une bonne tisane chaude, bien ennuyeuse. Qu'en dites-vous ? »

Karla et Berger étaient d'accord. Ils étaient assis côte à côte à la table, mais Berger ne lui adressait pas la parole. Tel un papillon de nuit enfermé dans une pièce, une pensée bourdonnait dans sa tête : la lutte désespérée qu'il avait menée contre cette femme n'avait-elle eu lieu qu'en rêve ? Il n'osait pas la regarder et sentait seulement que l'air devenait suffocant autour de lui et que sa gorge se serrait. Par bonheur Schramek ne remarquait rien. Il sifflotait et babillait, dans un cliquetis de tasses et d'assiettes. Cela l'amusait de jouer pour eux au garçon de café, il les servit, plein d'entrain, puis se laissa tomber voluptueusement dans le fauteuil qui craqua sous son poids, et commença son récit.

« Bon, je n'ai jamais beaucoup travaillé, ça, inutile de vous le dire, à vous. Je me traîne donc vers la salle d'examen dans mon habit de croque-mort, et voilà que je rencontre un vieil ami à moi, Karl – tu le connais. Voyant ma triste figure, celui-ci entreprend énergiquement de me réconforter. Mais moi, tout à ma peur – vous ne pouvez pas imaginer à quel point l'individu le plus présentable devient lamentable avant une épreuve–, je lui demande juste si c'est difficile et sur quoi il est tombé il y a deux ans. Il me dit la première question – je n'ai pas la moindre idée de ce que je pourrais répondre et je me sens devenir tout faible. Je le prie à la hâte de m'éclairer – c'était un point quelconque de la Constitution[1] – et il m'apprend ma leçon ; puis il m'accompagne pour assister à ma mise à mort. »

Que pouvait-il bien raconter, celui-là ? Berger était incapable d'écouter, tout cela venait de loin, cela ressemblait à des mots, mais ils n'avaient aucun sens. La même pensée ne cessait de le lanciner : à côté de lui était assise la femme avec qui il avait lutté, qui l'avait terrassé et, plutôt que de le mépriser, elle l'avait enveloppé de ce regard brillant de tendresse...

Soudain il sursauta. Sur sa main posée négligemment sur la table un doigt suivait délicatement la cicatrice dont la trace rouge évoquait une bande de feu. Tressaillant, il rencontra les yeux interrogateurs de Karla où se lisait une certaine affection mêlée de pitié. Son visage s'embrasa, il dut se retenir à sa chaise.

En face d'eux Schramek discourait toujours. « Et imaginez un peu, je suis à peine installé que la première question qu'on me pose est précisément celle que Karl vient de m'enfoncer dans le crâne. J'entends toussoter et ricaner derrière moi, mais je me sens tellement soulagé que ça ne me contrarie même pas ; je commence à disserter, et tout marche comme sur des roulettes. Une fois qu'on est lancé, ça va tout seul. J'ai parlé à en avoir la gorge sèche, Dieu sait quelles bêtises j'ai dites, mais j'ai parlé. »

Berger n'entendait rien. Il eut seulement conscience que le doigt de Karla caressait une nouvelle fois sa cicatrice et ce fut comme si ce geste discret la rouvrait

---

1. En l'absence de précision, on peut penser qu'il s'agit du Diplôme de 1860, établissant un régime constitutionnel tout en maintenant l'autorité de l'empereur, et du Compromis de 1867, établissant l'empire autrichien sur une base dualiste en distinguant l'Autriche de la Hongrie.

brusquement, en le faisant souffrir. Son corps fut parcouru de frissons et il retira précipitamment sa main, comme si elle avait touché une plaque incandescente. Une colère confuse grandissait en lui. Mais, alors qu'il la regardait, il remarqua que ses lèvres fermées remuaient ainsi que dans un songe, murmurant : « Pauvre gamin ! »

Avait-il lu ces mots sur ses lèvres ou les avait-elle vraiment prononcés ? En face d'eux il y avait Schramek, son ami et l'amant de cette fille, qui, plein de fougue, poursuivait son récit, tandis que... Il frémit, fut pris de vertiges et pâlit. À ce moment, délicatement, avec douceur, Karla prit sa main sous la table et la posa sur son genou.

Tout son sang afflua de nouveau à son visage, puis se concentra dans son cœur, pour se mettre enfin à couler, brûlant, dans ses doigts. Il sentait ce genou souple et rond. Il voulut lui arracher sa main mais ses muscles ne lui obéirent pas. Elle resta inerte, tel un enfant endormi reposant dans son lit douillet, perdu dans un rêve merveilleux.

Et là-bas – ô combien lointaine était cette voix noyée dans la fumée – quelqu'un qui était son ami, et qu'il était en train de tromper, parlait toujours, parlait de son bonheur avec insouciance et gaieté. « Ce qui m'a le plus amusé, c'est que Fix, cet effronté, a perdu son argent dans cette histoire. Imaginez un peu, il parie avec tout le monde que je vais être recalé, et voilà que je m'en sors, alors il ne savait absolument pas quoi faire. Il a bien fallu qu'il se réjouisse, mais il a dû aussi être bien contrarié, je vous le dis, la tête qu'il faisait, cette tête... Mais qu'est-ce que vous avez ? On dirait que vous dormez, tous les deux ! »

Karla ne lâcha pas la main de Berger. La seule pensée de celui-ci était : « Ma main... son genou... sa main. » Mais Karla protesta en riant : « Ben quoi, le moyen de ne pas rester sans voix quand on apprend qu'un feignant comme toi devient docteur. J'aimerais vraiment bien voir à quoi ressemble un de ceux qui ont été collés, ça ne peut être que des hydrocéphales[1]. »

Karla et Schramek éclatèrent de rire. Berger tremblait de plus en plus, la rouerie de cette fille le remplissait d'un effroi secret. Elle tenait encore sa main enfermée dans la sienne et la serrait si fort que sa bague s'enfonça dans sa chair jusqu'au sang. Et elle appuyait tendrement sa jambe rebondie contre la sienne, tout en continuant à parler posément, avec un calme qui le faisait frémir. « Alors, dis-nous, comment va-t-on fêter un tel miracle ? Si on ne fait pas ribote[2], c'est que tu n'es qu'un misérable ladre[3], monsieur le docteur frais émoulu. Mais attends un peu que le gamin soit docteur, là ce sera autre chose, ce sera une fête à tout casser ! »

Tandis que Karla disait cela, sa hanche reposait contre celle de Berger, il sentait la douce chaleur de son corps. Il était si ému que tout se mit à vaciller devant ses yeux. Le sang affluait douloureusement à son front.

La pendule sonna. Par sept fois elle lança son grêle et indistinct « coucou ». Berger retrouva ses esprits. Il se leva d'un bond, balbutia quelques mots. Puis il tendit la main à quelqu'un, à lui ou à elle, il ne savait plus, une voix – sans doute celle de Karla – dit « au revoir » et enfin, soulagé et heureux, il eut conscience que la porte s'était refermée derrière lui.

Dès l'instant où il se trouva dans sa chambre, la situation fut claire : il avait perdu son ami. S'il ne voulait pas le dépouiller, il fallait qu'il cesse de le fréquenter, car il savait qu'il serait incapable de résister à la séduction de cette curieuse fille. Le parfum de sa chevelure, la passion qui tendait ses membres, cette vigoureuse avidité, tout cela brûlait en lui et il n'ignorait pas qu'il succomberait si elle le regardait à nouveau comme aujourd'hui, avec

---

1. Un hydrocéphale est une personne dont les cavités du cerveau sont remplies d'un excès de liquide céphalorachidien. Cette maladie donne généralement un crâne difforme. Bien entendu, Karla utilise le terme dans le sens de « crétin » ou d'« imbécile ». Elle ignore la signification scientifique de ce mot. **2.** Faire ribote, c'est faire la fête en mangeant et en buvant beaucoup. **3.** Avare, pingre.

ce léger sourire charmeur. Comment en était-elle arrivée à le trouver soudain si désirable, à vouloir, pour lui, tromper Schramek, cet être solide, beau, sain qu'il enviait tant en secret ? Il ne le comprenait pas et il n'en tirait ni fierté ni joie. Rien qu'une sombre mélancolie à l'idée qu'il devrait dorénavant éviter son ami afin de ne pas se montrer hypocrite à son égard. Certes, cette relation avec Schramek n'avait pas pris la tournure qu'il avait espérée, plus d'une fois il avait touché le fond des choses, bien souvent il s'était aperçu qu'il se laissait éblouir, mais, maintenant que c'était du passé, cela lui semblait revêtir une énorme importance. Il ne lui restait rien d'autre à Vienne. Tout s'était évanoui, d'abord les espoirs et la curiosité, puis le plaisir d'étudier et l'entrain, et en dernier lieu cette amitié. Il en était conscient : il était désormais complètement démuni.

Il perçut alors, venant d'à côté, un bruit. Un léger gloussement, à présent plus fort. Il tendit l'oreille, les deux mains sur son cœur qui battait. Étaient-ils en train de se moquer de lui ? Karla avait-elle tout raconté, ne s'agissait-il en fin de compte que d'un coup monté pour le tenter ? Il écouta. Non, ce rire-là était différent, c'étaient des gloussements enamourés entrecoupés de baisers sonores. Puis des mots, des étreintes – sans retenue aucune. Il serra instinctivement les poings, se jeta sur le lit et colla un coussin contre ses oreilles pour ne plus rien entendre. Un sentiment terrible s'empara de lui, un dégoût sauvage, furieux, proche de la nausée. Dégoût envers son ami, envers cette fille, envers lui-même qui avait failli prendre part à ce jeu écœurant, dégoût profond de la vie tout entière lié à une immense lassitude et à un mélange d'effroi et d'impuissance.

Au cours de ces sombres journées il écrivit à sa sœur.

« Ma très chère sœur. Je ne t'ai pas encore remerciée pour tes vœux d'anniversaire. J'ai vécu des moments pénibles. Lorsque ta lettre est arrivée, me réveillant et me disant que j'avais dix-huit ans, je l'ai lue et j'ai eu l'impression que cela ne me concernait pas, que ce n'était pas vrai. Car tout ce que tu dis là sur la chance que j'ai d'être libre et jeune, je l'aurais pris pour de la dérision si ce n'était pas ta chère main qui me l'avait exprimé de cette écriture qui m'est familière depuis l'enfance. Ma vie ici est en effet si différente, si radicalement différente de ce que tu peux imaginer et si loin de ce que j'avais espéré. Cela me fait mal de t'écrire ces choses mais je n'ai plus personne ici. Depuis des journées entières je n'ai parlé à âme qui vive. Parfois, je suis les gens dans la rue et j'écoute leurs conversations simplement pour retrouver la sonorité des mots. Je ne sais rien, je ne fais rien, je meurs d'inutilité. Des journées entières s'écoulent sans qu'il m'arrive quoi que ce soit, sans que je rencontre un visage connu et, toi, tu ignores ce que c'est d'être seul au milieu de milliers d'individus.

« Avec Schramek tout est fini. Il s'est produit quelque chose, il m'est impossible de te le raconter, tu ne comprendrais pas. Moi-même, c'est à peine si je le comprends, ce n'est ni sa faute ni la mienne, il y a entre nous comme une arme à double tranchant. Et maintenant que je l'ai perdu, j'ai découvert ceci : il était ce que j'avais de plus cher à Vienne.

« J'ai encore un autre secret que je ne peux confier qu'à toi – tu ne me trahiras pas ; j'ai cessé d'étudier. Depuis des semaines je n'ai assisté à aucun cours, mes livres sont recouverts de poussière. J'ignore pourquoi, mais je ne peux plus apprendre, je suis devenu apathique, je ne me sens aucune vocation, car personne ne m'aide à me défaire de cette terrible et accablante sensation de solitude. J'ai perdu tout désir, tout me dégoûte. Je déteste chacune des pierres de cette ville que je foule, je hais ma chambre, je hais les gens que je croise ; quelle torture de respirer cet air froid, humide et sale ! Tout m'oppresse ici, je dépéris. Je m'enfonce comme dans un marécage. Je suis sans doute trop jeune, et de toute façon je suis trop faible. Je ne me sens pas armé pour me battre, je n'ai pas de volonté, je suis pareil à un petit garçon au milieu de cette foule affairée.

« J'ai une certitude : il faut que je revienne à la maison. Je ne suis pas encore capable de vivre ainsi seul, peut-être que dans quelques années cela deviendra possible. Mais pour l'instant j'ai encore besoin de toi, et de nos parents, j'ai besoin qu'on m'aide et qu'on m'entoure d'affection. Oui, c'est puéril, c'est la peur de l'enfant dans le noir, je ne peux cependant pas faire autrement. Il faut que tu le dises à nos parents : je veux abandonner les études et revenir chez nous, être paysan, employé aux écritures, peu importe. Tu vas le leur dire, le leur expliquer, n'est-ce pas, je t'en prie, dépêche-toi, je sens combien ici le sol me brûle sous les pieds. Je ne me rendais pas vraiment compte jusqu'à présent à quel point tout en moi aspirait à vous retrouver, mais maintenant, tandis que je t'écris, ma nostalgie se réveille et je sais que je n'ai pas le choix, qu'il faut que je retourne auprès de vous.

« Je fuis, je fuis devant la vie, et ce n'est pas nouveau. Te souviens-tu de ce jour où l'on m'amena au lycée et où j'entrai pour la première fois dans la salle occupée par soixante gamins inconnus qui me dévisageaient avec curiosité, d'un air surpris, amusé et arrogant ? J'ai couru alors jusqu'à la maison et j'ai sangloté toute la journée, je ne voulais plus y retourner. Je suis resté ce petit garçon en proie à une peur stupide et dévoré du désir de vous retrouver, vous, ainsi que tous ceux qui m'aiment.

« Il faut que je m'en aille, il le faut. Maintenant que j'ai réussi à prendre cette décision je suis conscient qu'elle est sans appel. Je n'ignore pas que beaucoup souriront quand je rentrerai chez nous, ils verront en moi une épave, quelqu'un dont la vie n'a pas voulu ; je sais que pour mes parents cela représentera l'effondrement d'un très grand espoir ; je sais que mon attitude est faible, puérile et lâche, mais je ne peux rien y faire, je comprends simplement qu'il m'est impossible de continuer à vivre ici. Personne ne se doutera de ce que j'ai enduré ces derniers jours, personne ne pourra me mépriser davantage que je ne me méprise moi-même. Je me sens maudit, pareil à un malade, à un infirme, car je suis totalement différent des autres et j'ai envie de pleurer en constatant que je suis inférieur, plus mauvais, plus inutile, je suis... »

Il s'interrompit, effrayé lui-même par l'explosion sauvage de sa douleur. En cet instant où sa plume se faisait la messagère de sa fébrilité, il découvrait combien de souffrance s'était accumulée en lui, prête à déferler en vagues furieuses.

Avait-il le droit d'écrire ces pages ? Avait-il le droit de tourmenter les seuls êtres qu'il possédât, d'imposer à ce tendre cœur de jeune fille un fardeau dont personne ne pourrait le délivrer ? Comme dans un lointain brumeux il aperçut son cher visage aux yeux si clairs, souvent illuminés d'un sourire, et il vit sa bouche se contracter d'effroi, un frémissement parcourir ses traits et ses joues qui pâlissaient se couvrir peu à peu de larmes. À quoi bon troubler cette existence, lui faire peur en lui adressant un cri de détresse : si quelqu'un devait souffrir il valait mieux que ce soit lui, et lui seul.

Il ouvrit la fenêtre, déchira la lettre et éparpilla les petits morceaux dans l'obscurité. Non, plutôt dépérir ici en silence que demander de l'aide. N'avait-il pas appris que la vie anéantissait tout ce qui était débile et inadapté ? Elle saurait ne pas l'épargner lui non plus en lui réservant le sort qu'il méritait...

Hésitants, les petits bouts de papier blanc descendaient en voltigeant vers la cour et on eût dit autant de cailloux brillants sombrant dans une mer sans fond. Le ciel nocturne était sans étoiles. Quelques nuages clairs parcouraient la voûte obscure et le vent qui bruissait projetait un air humide sur les maisons endormies. Son souffle constant était pareil à une respiration agitée ; tout cela était empreint d'une sourde inquiétude et un murmure parvenait des fenêtres gémissantes et des arbres tremblants, comme si quelqu'un, dans les ténèbres, parlait à voix basse au milieu d'un mauvais rêve. Le vent se fit de plus en plus fort ; tels des éclairs de chaleur, les nuages filaient plus vite sur le sombre manteau céleste et soudain Berger, tous les sens en éveil, discerna derrière cette étrange effervescence la fièvre des premières nuits merveilleuses annonciatrices du printemps.

Et le printemps arriva, très lentement, ainsi qu'un hôte indécis. Ce fut à peine si Berger le reconnut dans cette

« Était-ce cela, Vienne, la grande ville dont il avait rêvé tant d'années, qu'il avait peut-être appelée de ses vœux... » (p. 66)

ville étrangère. Qu'étaient devenues les impressions de naguère, lorsque pour la première fois le dégel accomplissait son œuvre sur l'étendue immaculée des champs, que la glèbe noire émergeait de la neige, imprégnant l'atmosphère de son parfum humide ? Qu'était devenu le premier mouvement de peur sauvage qui était le sien toutes les fois qu'il se levait et que, ouvrant brusquement la fenêtre, il sentait le vent sur sa poitrine nue et entendait la plainte des arbres avides de retrouver leur frondaison ? Où était son émerveillement face à ces milliers d'infimes choses : le cri d'un oiseau au loin, la course des nuages opalins, le bruit de l'eau qui pénètre le sol dans un léger craquement, la découverte, dans le jardin, de petites boules gluantes aux extrémités des branches qui allaient éclore ensuite en de timides feuilles et en une unique fleur encore incolore ? Où était cette inquiétude qui flambait au fond de lui, où était cette folle volupté qui s'emparait de lui lorsque, rejetant son manteau, il piétinait avec ses grosses chaussures la terre humide qui s'ouvrait et qu'il courait sur une hauteur, poussant soudain sans raison un cri de jubilation qui s'envolait dans l'air étincelant ?

Oh, que le printemps était paisible ici, sans la moindre violence ! Ou peut-être cela venait-il de lui, de cette légère fatigue proche de la torpeur, de cette morosité qui l'empêchait d'apprécier la lumière délicate et dorée du soleil qui réchauffait les toits ou la clarté et l'animation retrouvées de la rue. Pourquoi tout cela le touchait-il si peu que jamais il n'allait au Prater ou au Kahlenberg[1], qu'il n'apercevait que de loin, et que pourtant la douceur de l'air semblait avoir rendu plus proche ? Son rayon d'action était tellement limité, jamais il ne quittait son quartier. Il était de plus en plus fatigué. Il s'asseyait dans le parc de Schönborn[2] fréquenté d'ordinaire par les enfants et quelques personnes âgées, il y allait pour étudier ou

1. Littéralement le « mont chauve ». Cette éminence (480 m) domine Vienne et les bords du Danube. Les Turcs y furent arrêtés en 1683 par Starhenberg. C'est pour les Viennois un lieu de promenade.

2. Davantage un square qu'un parc, c'est un petit espace vert proche de la Josefstädterstrasse.

pour lire, mais il ne touchait pas à son livre, il se contentait de regarder les enfants jouer, avec le vague désir de pouvoir se mêler à leurs jeux, de retrouver la joyeuse insouciance de ses premières années.

Il avait depuis longtemps abandonné ses études. Il végétait, contemplait le monde – sans pourtant s'y intéresser. Un jour, dans un sursaut d'énergie, il s'était rendu à l'hôpital[1] ; une fois parvenu dans la vaste cour avec ses arbres bourgeonnants qui se balançaient tranquillement dans le silence, comme s'ils ignoraient tout des destinées terribles et secrètes qui les entouraient, il s'oublia et prit place sur un des bancs. Et il resta là, pareil aux malades qui étaient sortis, dans leurs longs vêtements de toile bleue, du pas mal assuré de ceux qui ne sont pas tout à fait guéris, et se reposaient maintenant, les mains lasses, sans sourire ni parler, oisifs, abandonnés au sentiment sourd de la vie en train de renaître ; fatigué, il rêvait, assis au milieu d'eux, et il laissait le soleil lui réchauffer les doigts. Il ne se rappelait plus pourquoi il était venu, il sentait simplement que des gens marchaient ici et que plus loin, derrière la voûte du portail, il y avait une rue bruyante, que les heures passaient avec lenteur et que les ombres s'allongeaient imperceptiblement. Lorsqu'on fit signe aux malades de rentrer, il sursauta. N'était-il pas demeuré là comme eux, n'était-il pas, qui sait, en plus mauvaise santé et plus près de la mort peut-être qu'aucun d'entre eux ? C'était étrange, il n'avait d'autre désir que d'être assis de la sorte et de voir le temps s'écouler.

Certains soirs, il est vrai, des ardeurs mauvaises flambaient en lui. Il prit l'habitude de se dévoyer, fréquenta des femmes qu'il méprisait parce qu'il devait les acheter, passa plus d'une nuit attablé, l'œil morne, dans des cafés, mais tout cela, il le faisait sans désir ni plaisir, seulement accablé par la peur de l'inévitable isolement. Depuis qu'il ne parlait plus à personne, il avait un rictus méchant

1. L'hôpital se situe dans les environs de l'université. Pour un familier de Vienne, il est clair que Berger ne sort pas de son quartier et se replie sur lui-même.

autour des lèvres et il évitait sa propre image dans le miroir. Il chercha encore un certain nombre de fois à rassembler son énergie mais il retombait toujours, comme écrasé sous le poids de la solitude accumulée en lui, dans sa léthargie rêveuse et sans but.

Pourtant la vie lui envoya un signe.

Un jour, alors qu'il rentrait tard, fatigué, contrarié, avec au fond du cœur l'angoisse de la pièce silencieuse qui l'attendait, il constata qu'il avait dû perdre en chemin sa clé. Il sonna, au risque de voir Schramek apparaître, et non la propriétaire. Très vite un pas traînant se fit entendre. Sa logeuse ouvrit la porte et leva la lampe à pétrole afin d'identifier celui qui voulait entrer. Au moment où la lumière tomba sur la tête échevelée de cette femme et sur ce visage qui lui était presque étranger, Berger remarqua qu'elle avait la mine défaite, les paupières rougies, ainsi qu'un pli douloureux au coin de la bouche. Pris d'effroi, il se demanda ce qui s'était passé pour qu'elle soit encore éveillée à deux heures du matin. Il l'interrogea, plein d'appréhension.

« Vous savez donc pas, docteur, c'est ma petite Mizzi, elle a la scarlatine[1]. Et ça va mal, mal ! » Elle se mit à pleurer doucement.

Berger fut stupéfait. Il n'était au courant de rien. C'est à peine s'il savait que cette femme avait une fille. Quelquefois, dans le vestibule obscur, il avait aperçu, en entrant ou en sortant, une enfant chétive qui passait furtivement en lui lançant un « très honorée[2] », une fillette de douze, treize ans, mais jamais il ne lui avait parlé ni ne l'avait même regardée. Il eut soudain le cœur serré à la pensée que depuis des mois, respirant tout près de lui,

---

1. Ce mot signifie « écarlate ». Le terme allemand *Scharlach* a la même signification. Il s'agit d'une maladie infectieuse et contagieuse, caractérisée par une forte fièvre, une angine rouge et des éruptions de boutons rouges. Cette maladie, qui peut entraîner de graves complications, n'est plus mortelle depuis la découverte des antibiotiques. La nouvelle se situe, bien sûr, avant cette découverte. **2.** La formule paraît très guindée en français. Elle est plus classique en allemand. Dans la bouche de l'adolescente, elle marque cependant un grand respect.

séparés par une simple cloison, habitaient des gens auxquels il n'avait jamais prêté attention, que juste à côté de sa propre existence se jouaient des destins dont il ignorait tout. Et lui qui avait tant recherché la confiance des autres, n'avait-il pas dormi du sommeil de la bête tandis que dans la pièce voisine un enfant luttait contre la mort ?

Il tenta d'apaiser le chagrin de la mère. « Ça va s'arranger... rassurez-vous... » Puis, sur un ton plus timide : « Me serait-il possible de la voir ? Bien sûr je n'y connais pas encore grand-chose... je n'en suis qu'au début, mais enfin... » D'un seul coup une envie furieuse de se remettre à ses études se réveilla en lui, il aurait tout donné pour pouvoir aller dans sa chambre, ouvrir ses livres et recommencer à apprendre.

La logeuse le conduisit sur la pointe des pieds au chevet de la malade. La pièce, étroite, remplie d'une atmosphère lourde et enfumée par la faible flamme de la lampe à pétrole, donnait sur la cour et avait pour vis-à-vis un mur. Ici on ne savait rien du printemps et on ne connaissait du soleil que les reflets mats renvoyés parfois par les fenêtres qu'il illuminait. À présent, certes, on ne pouvait pas distinguer à quel point cette chambre était pauvre car tout se noyait dans un demi-jour trouble, hormis le coin où se trouvait le lit, éclairé d'une faible lueur jaunâtre. La fillette dormait d'un sommeil agité. Ses joues étaient rougies par la fièvre, un de ses bras maigres retombait, comme oublié, par-dessus le rebord du lit, ses lèvres étaient rentrées et rien dans ce joli visage ne trahissait à première vue la maladie, seule sa respiration était bruyante et par moments torturée.

La femme parlait d'une voix basse, sans cesse entrecoupée par les pleurs. « Le docteur est revenu aujourd'hui, il l'a examinée, mais il ne m'a absolument rien dit. C'est la troisième nuit que je veille, le jour j'ai mon travail. Bien sûr la voisine m'aide et elle vient dans la journée, mais ça fait déjà trois nuits que je suis à son côté et ça ne va pas mieux. Mon Dieu, je le fais volontiers, mais pourvu qu'il n'arrive rien. »

À nouveau un sanglot vint se mêler à ses paroles. Tous ses propos étaient empreints d'un farouche désespoir.

Un sentiment merveilleux surgit en Berger. Pour la première fois, il le comprit, il allait pouvoir être utile à quelqu'un, pour la première fois un peu de la beauté de sa profession rejaillissait sur lui, le comblant de bonheur.

« Chère madame, vous ne pouvez pas continuer ainsi. Vous vous ruinez la santé et ce n'est pas cela qui aidera votre enfant. Vous allez vous allonger maintenant, je passerai la nuit auprès d'elle.

– Mais docteur ! »

Effarée, elle leva les bras au ciel, comme dans l'incapacité de le croire.

« Il faut que vous alliez dormir à présent. Vous avez besoin de sommeil. Vous pouvez compter sur moi.

– Mais docteur... non... non... pourquoi feriez-vous cela... non, ça n'est pas possible. »

Berger devenait de plus en plus assuré, une toute nouvelle estime de soi-même le libérait soudain de ce qui encombrait sa poitrine depuis ces derniers mois.

« C'est mon métier et mon devoir. » Il prononça ces mots avec une immense fierté, tout à la joie d'avoir retrouvé, dans la nuit, en une fraction de seconde, un sens et un but à son existence inutile.

Le débat fut de courte durée. La logeuse était épuisée, ses yeux étaient lourds de sommeil et elle ne tarda pas à céder. Berger dut encore empêcher que, emportée par une reconnaissance pleine de déférence, elle ne lui baise les mains, puis il l'amena dans sa propre chambre où il l'installa sur le divan. Ces dernières nuits, depuis la maladie de son enfant, elle avait dormi sur un matelas dans la cuisine. À travers toutes ces petites choses, pourtant terriblement tragiques, qu'il avait ignorées, il prit conscience que le service qu'il rendait n'avait rien d'un bienfait, mais qu'il s'acquittait seulement d'une lourde dette.

Et maintenant il était assis au chevet de la fillette. Il y avait en lui une sensation indescriptible : la vie paraissait être devenue en quelque sorte plus légère et plus paisible, à l'image de cette respiration qui à présent allait et venait dans un souffle. Il contempla de plus près le petit visage nimbé d'un cercle étroit de lumière. Jamais, depuis qu'il était à Vienne, il ne lui avait été donné de ressentir si intimement la présence d'un autre être, d'observer aussi longtemps ses traits et d'épier son expression. Un souvenir s'éveilla en lui ; il existait, sommeillant autour de ces lèvres décharnées, une ressemblance avec sa sœur, bien que ce visage-ci parût plus enfantin, point encore épanoui, et affligé. Il fut envahi par le désir de découvrir ses yeux – étaient-ils aussi pareils à ceux de sa sœur ? – et, lancinante, la pensée de sa négligence revenait comme une accusation. Pourquoi était-il passé tel un étranger à côté de cette enfant et de sa mère, pourquoi n'avait-il pas songé à celles qui vivaient sous le même toit que lui ? Pourquoi cette bouche ne lui avait-elle jamais souri, pourquoi ces yeux lui étaient-ils aussi inconnus qu'en ce moment, enfermés qu'ils étaient dans l'écrin de leurs paupières, pourquoi ne savait-il rien de ce qui habitait cette étroite poitrine qui se soulevait et s'abaissait doucement ? D'un geste si tendre qu'on eût dit une caresse, il saisit avec précaution la main pâle qui pendait par-dessus le rebord du lit et la posa sur la couverture. Puis il resta immobile, à la regarder, déchiré à l'idée du retard qu'il avait pris dans ses études, et il fit vœu en lui-même de commencer une nouvelle existence. Déjà il rêvait, il se voyait médecin, sauvant les autres, et ces pensées enivrantes lui réchauffaient le cœur. Et sans cesse son regard embrassait cette figure blême et enfantine et s'attachait à elle, comme s'il pouvait de la sorte protéger la fillette et retenir sa vie.

Soudain elle s'agita. Son visage tout entier parut s'éclairer d'un seul coup ; elle ouvrit de grands yeux brillants de fièvre, comme étincelants de larmes. Ils se mirent d'abord à tournoyer, on avait l'impression qu'ils cherchaient à percer le nuage où la fièvre et les rêves crépusculaires les avaient enfermés. Puis, apparemment effrayés, ils se posèrent sur Berger. Avec une expression interrogative ils explorèrent ses traits pour s'arrêter enfin sur ses yeux. Les lèvres desséchées remuaient indistinctement.

Berger se leva d'un bond, essuya la sueur du front de la fillette et lui donna à boire. Elle avança la tête, but avidement puis retomba, exténuée, sur son oreiller. Son regard, qu'elle ne détacha pas une seconde de lui, ne lui parut pas pleinement conscient, pourtant on pouvait y discerner, mêlée à l'étonnement, une sorte de gratitude. Elle le fixait, d'une manière soutenue, difficile à interpréter. Et quand, troublé, il se détourna pour s'affairer dans la pièce, il eut conscience, sans avoir besoin de s'en assurer, que ces larges yeux d'enfant humides et scintillants le suivaient partout. Lorsqu'il revint vers le lit, ils étaient grands ouverts et, tandis qu'il se penchait, la bouche de la malade s'agita, sans qu'il pût comprendre si elle voulait parler ou sourire. Puis ses paupières s'abaissèrent, toute lumière disparut de son visage. Elle reposait à nouveau, pâle et muette, et sa respiration était à présent plus douce.

Dans ce silence absolu Berger s'aperçut que son cœur se mettait à battre bruyamment. Un sentiment de bonheur sauvage grandissait en lui. Pour la première fois de son existence, par son activité, il prenait place dans la communauté humaine, il avait l'impression que quelqu'un lui avait lancé un appel reconnaissant et chaleureux, que quelque chose de grand et de beau s'était noué pendant ces quelques heures. C'est avec une certaine tendresse qu'il observait cette enfant, le premier être humain qui lui était confié et qu'il devait ramener à la vie, de la même façon qu'elle l'avait elle-même aidé à en retrouver le chemin. Il ne cessait de la contempler dans son sommeil, et légères lui parurent les longues heures. Quelle ne fut sa surprise lorsque, la flamme de la lampe s'étant subitement élevée en dansant avant de s'éteindre, il découvrit que l'obscurité s'était dissipée et que les premières lueurs de l'aube attendaient déjà devant la fenêtre.

Le médecin vint dans la matinée voir sa patiente. Berger se présenta comme étudiant en médecine et – non sans éprouver au plus profond de sa gorge le sentiment pénible de son ignorance – il lui demanda si la situation était encore critique.

« Je ne crois pas, répondit celui-ci. La crise me semble surmontée. C'est curieux, face à ces affections les enfants sont beaucoup plus résistants que les grandes personnes, tout se passe comme si en eux l'énergie des premières années faisait barrage à la mort. On le constate pour presque toutes les maladies infantiles : les enfants triomphent d'elles, tandis que les adultes succombent. »

Il examina la petite. Ému, Berger se tenait à son côté. En découvrant combien il était lui-même suspendu aux lèvres de cet homme, combien il était à l'affût du moindre de ses gestes, il prit intimement conscience du pouvoir merveilleux de ce métier qu'il avait un jour choisi au hasard, puis longtemps dédaigné. S'approcher ainsi d'un lit et pouvoir y déposer, tel un cadeau, l'espoir, les promesses, et peut-être aussi la santé : la beauté de cette tâche l'illumina soudain. En cet instant l'orientation de sa vie entière lui apparut de façon évidente : il serait désormais actif, utile, et partant il ne serait plus jamais étranger, plus jamais seul.

Il consacra immédiatement tout son temps à soigner Mizzi. Sans prescrire quoi que ce soit de son propre chef, il se contentait d'observer les phases de la maladie, de passer ses nuits à son chevet, ainsi qu'une bonne partie de ses journées. Cette nuit-là la crise avait effectivement atteint son apogée. La fièvre baissa, il pouvait déjà s'entretenir avec la petite, et il y prenait plaisir. S'il était sorti, il revenait avec quelques fleurs et il lui décrivait les arbres qui, sous l'action du printemps, commençaient à verdir dans le parc de Schönborn où elle jouait d'habitude, et les robes claires des autres fillettes. Il lui parlait du soleil éclatant qui brillait au-dehors, lui racontait toutes sortes d'histoires, il lui faisait la lecture, l'assurait de sa guérison prochaine, et la voir contente était sa plus grande satisfaction. Ces conversations naïves, volontairement puériles, lui procuraient une sensation de totale liberté et il s'entendait parfois, à son propre étonnement, rire aux éclats.

Pâle, appuyée contre ses oreillers, elle souriait simplement. C'était un bien faible sourire, une charmante ligne qui se dessinait autour de ses lèvres pour s'enfuir aussitôt après. Mais quand ses yeux profonds aux reflets gris, qui rayonnaient jusqu'au fond de la pupille, reposaient sur lui, son regard, dépourvu désormais de tout étonnement et de toute réserve, s'accrochait chaleureusement à lui, comme un enfant pendu au cou de sa mère. Elle avait le droit de parler à présent et elle ne tarda pas à s'adresser à lui sans la moindre crainte.

Elle était avant tout avide de détails concernant sa sœur : comment était-elle, grande ou petite, comment s'habillait-elle et était-elle sérieuse à l'école ? Avait-elle comme lui les cheveux blonds ; ne pourrait-il pas s'arranger pour la faire venir un jour à Vienne, qui avait sûrement plus d'attraits que la petite ville dont le nom à la sonorité rude l'amusait toujours ? Et avait-elle déjà été aussi malade qu'elle ? Elle trouvait une foule de questions candides, enfantines, et toujours renouvelées. Pourtant cela ne fatiguait pas Berger. Il lui répondait de bon cœur et il lui était doux d'avoir l'occasion de parler avec chaleur de sa sœur qui était ce qu'il avait de plus cher au monde. Et lorsque la fillette l'en pria, il lui apporta la photographie qui se trouvait sur son bureau.

Elle prit avec curiosité le portrait dans ses frêles mains d'enfant, encore diaphanes.

« Ça – de l'ongle elle parcourut soigneusement le contour des lèvres – c'est tout à fait votre bouche. Sauf que souvent vous avez là un pli méchant, et alors vous êtes complètement différent. Quand je vous rencontrais, avant, vous aviez un tel regard que j'avais toujours peur de vous.

– Et à présent ? » Il souriait doucement.

« C'est fini. Mais dites-moi, est-ce qu'elle a les mêmes yeux que vous ?

– Je crois que oui.

– Et elle est aussi grande que vous, n'est-ce pas ? Elle doit être très belle, votre sœur. Ah, regardez, elle est coiffée comme moi, avec des cheveux tressés autour de la tête. Au début ma mère était contre cette coiffure, elle disait que ça me vieillissait trop. Mais je ne suis plus une enfant, j'ai déjà fait ma confirmation[1]. »

Elle lui rendit la photographie qu'il contempla longuement, sans un mot. Pour la première fois il ne retrouvait pas entièrement, devant ce portrait, la physionomie gravée dans sa mémoire. Peu à peu les traits fins de cette enfant pâle et ceux de sa sœur s'étaient en quelque sorte fondus dans sa vision intérieure, il ne parvenait plus à les dissocier. Leur sourire et leur voix ne faisaient plus qu'un en lui, de même qu'elles étaient à présent réunies dans sa vie comme les deux seuls personnages féminins qui avaient confiance en lui et à qui sa compagnie était chère. La figure de Karla était balayée de son souvenir, ces derniers jours il n'avait pas pensé une seule fois à elle ni à cet épisode qu'il se remémorait maintenant sans émoi comme un moment d'ivresse, d'exaltation, d'emportement stupide. Et déjà il avait oublié toutes les journées difficiles et mornes qu'il avait vécues ici.

Il ne ressentait qu'une chose : un grand bonheur lui était advenu. Il avait l'impression d'avoir longtemps marché dans les ténèbres, s'enfonçant dans le crépuscule, et d'avoir soudain, dans un ravissement, vu briller au loin une lumière, aussi blanche qu'une étoile, la lumière d'une maison où il pouvait se reposer et où on l'accueillait ainsi qu'un hôte précieux. Qu'avait-il cherché auprès des femmes, lui l'enfant, lui le faible, le pusillanime[2] ? Celles qui avaient de l'expérience devaient le trouver trop sot, aux yeux des innocentes il devait passer pour trop lâche, il n'était encore qu'un être désarmé, inachevé, un rêveur. Il était venu trop tôt, il s'était précipité vers elles trop tôt, alors que ce qu'elles désiraient, c'était le fruit mûr de la vie. Mais cette fillette, bourgeon de la femme à venir prêt à éclore et pourtant encore en sommeil, cette fillette douce encore, sans fierté ni convoitise, ne repré-

---

1. Sacrement de l'église catholique donné par l'évêque pour « confirmer » le baptême. L'Autriche est un pays majoritairement catholique. **2.** Qui manque d'audace et de courage.

sentait-elle pas un destin dont il pouvait devenir le maître, une âme qu'il lui était donné de façonner, un cœur qui déjà, sans le savoir, se tournait vers lui ? Un songe, plus suave que tous les autres et cependant plus réel que les formes accablantes qui avaient meublé la vacuité de ses heures, battait contre sa poitrine, telle une vague de chaleur.

Et puis, il l'avait si souvent regardée, il la connaissait de mieux en mieux, et à présent que, la maladie touchant à son terme, ses joues se coloraient délicatement, embellissant son jeune visage, une tendresse secrète et entièrement dépourvue de désir frémissait en lui. Une tendresse purement fraternelle qui se satisfaisait de pouvoir caresser ces mains maigres et de voir s'épanouir un sourire sur ces lèvres.

Un jour qu'elle reposait à nouveau tranquille, paisible – ils étaient tous deux silencieux –, il fut envahi par une envie qu'il ne comprit pas lui-même. Il s'approcha de son lit, pensant qu'elle dormait. Mais elle était simplement immobile et ses yeux posés sur lui brillaient d'un éclat curieux. Sa bouche était muette, elle semblait un pétale de rose pâle et involuté. Et tout à coup il sut ce qu'il voulait : frôler cette bouche, juste l'effleurer.

Il se pencha. Mais même face à cette enfant malade le courage lui manqua.

Elle le regarda : « À quoi pensez-vous ? »

Cela fut plus fort que lui. Incapable de le cacher plus longtemps, il murmura : « J'aimerais te donner un baiser. Est-ce que je peux ? »

Elle ne bougea pas, elle se contentait de sourire de ses yeux clairs, d'un sourire radieux qui lui alla droit au cœur et qui n'était plus celui d'une fillette mais celui d'une femme déjà...

Alors il baisa délicatement ces jeunes lèvres tendres.

Quelques jours plus tard, la malade eut la permission de se lever pour la première fois. Elle était assise dans le fauteuil qu'on avait approché de la fenêtre, tout heureuse d'échapper à son lit. Berger était installé à son côté et la contemplait fièrement, avec le vague sentiment d'avoir aidé à sa guérison, d'avoir contribué à son retour à la vie. Elle paraissait avoir grandi au cours de sa maladie et l'enfance s'était en quelque sorte éloignée d'elle : on eût dit une jeune fille, et dans sa joie, maintenant réfléchie et profonde, il n'y avait plus rien de l'exubérance puérile. En l'entendant taper à la fenêtre derrière laquelle soufflait un air tiède et lumineux, et déclarer : « Que le printemps entre donc puisque je ne peux pas encore sortir », Berger eut l'impression d'être témoin d'un petit miracle, d'une grâce de l'existence inconnue de lui. Il n'éprouvait plus la moindre honte vis-à-vis de lui-même à être amoureux d'une adolescente de treize ans, parce qu'il savait que l'expérience qu'il vivait, en dépit de ses apparences irréelles, n'en était pas moins décisive. Il était aussi merveilleusement ému par la confiance encore préservée de toute pudeur féminine qu'elle lui manifestait, par la sincérité et la pureté de son penchant pour lui. Elle l'appelait à présent souvent par son prénom, le taquinait, et, au milieu de cette gaieté pétulante, la certitude qu'il n'était plus solitaire lui procurait un bonheur intense. L'allégresse renaissait dans son âme, elle remontait de ses premières années ainsi qu'une langue retrouvée. Puis, quand il n'était pas avec elle, c'étaient de suaves rêveries, il la voyait devenir femme, il se la représentait avisée, sérieuse, raisonnable. Et il se voyait lui-même associé à ces images et il comprenait qu'elle devait grandir et se transformer pour lui.

Sous d'autres aspects encore sa solitude avait pris fin. La mère de la fillette le considérait comme un dieu. Elle paraissait passer ses journées à chercher comment lui témoigner sa reconnaissance. Au fur et à mesure de ses conversations avec elle, il constata que cette femme avait connu dans sa misérable existence bien des épreuves et que, malgré toutes les humiliations et toutes les déceptions, elle avait conservé une émouvante bonté. Il regrettait à présent d'être froidement passé à côté de ces gens qui lui étaient inférieurs et il se sentait heureux d'avoir désormais payé sa dette.

Il retrouva également Schramek. Il le rencontra une

fois dans le couloir et il s'étonna lui-même de l'insouciance et de la sérénité avec lesquelles il était capable de lui parler. Ils s'entretinrent aussi de Karla et ce nom n'avait plus rien de douloureux pour lui. Il y avait au fond de lui trop de joie, tant de légèreté, de liberté, que cela se répercutait jusque dans sa démarche, élastique et assurée. La vie semblait pénétrer en lui de tous côtés, tout se mettait en ordre et le seul désir impérieux qui l'animait était d'ouvrir ses livres poussiéreux et de se consacrer enfin à ses études. Il se sentait entraîné vers son métier qui lui apparaissait maintenant auréolé de grandeur. Il voulait juste attendre quelques jours, que la fillette soit entièrement rétablie, et savourer jusqu'au bout ce premier succès, le plaisir sauvage éprouvé à chacune des secondes de ces jours radieux.

Pendant deux semaines Berger avait à peine fréquenté la rue, il ne lui était arrivé qu'en de rares occasions de s'éloigner brièvement de la chambre de la malade pour faire une course. Lorsque pour la première fois il se remit à flâner sur le pavé scintillant de soleil, il ressentit enfin la splendeur du printemps dont le souffle frais et parfumé vibrait au-dessus de la ville qui avait l'air illuminée comme pour une fête. Il avait l'impression de la découvrir aujourd'hui, il avait l'impression qu'elle venait d'émerger, étincelante, d'une brume épaisse. À présent qu'un ciel bleu et pur découpait les contours des toits et des cheminées antiques, les vieilles maisons de la Josefstadt qu'il avait toujours trouvées sales et insalubres s'offraient à sa vue sous un jour familier, il lui semblait que le Kahlenberg, qui se profilait au loin derrière les larges avenues avec sa végétation encore bien chétive, lui adressait un salut. Chacun avait une mine plus rayonnante, et il croyait discerner parfois dans les yeux des femmes qu'il croisait un regard pétillant de bienveillance. Ou bien n'était-ce là que l'effet du flamboiement qui l'habitait et que lui renvoyaient aussi bien une pupille sombre que des fenêtres miroitantes, les rues resplendissantes que les fleurs aux couleurs ardentes écloses derrière les vitres ? Tout ce qui l'entourait ne revêtait pour lui plus rien d'hostile ni d'étranger, il savait que ce fruit mûrissant, coloré, plein de promesses lui appartiendrait bientôt et d'avance il en éprouvait une merveilleuse jouissance. C'était une plénitude sans fin qui vous emportait, telle une vague. Il s'abandonna entièrement à ce bonheur.

Il ne tarda pas à être pris d'un léger étourdissement. Il était comme ivre, ses pieds se firent lourds, une couronne de plomb lui enserrait la tête. Cette lassitude s'abattit sur lui comme si brusquement il ne supportait plus le printemps. Il dut s'asseoir sur un banc près de la Ringstrasse[1]. Devant lui, le soleil qu'aucun épais feuillage ne filtrait encore dardait ses rayons sur ses mains, sur son corps fébrile, un soleil vif, si ardent qu'il fut obligé de fermer les yeux. Le pavé résonnait du bruit des passants, mais quelque chose le forçait à garder les paupières closes et à rester immobile, abandonné, sur le siège inconfortable. Il demeura ainsi deux ou trois heures. C'est seulement au crépuscule, lorsque la fraîcheur tomba, qu'il se ressaisit et rentra chez lui, de la démarche mal assurée d'un malade.

Il passa devant la chambre de la fillette. Il sentait qu'il lui fallait à présent être seul avec lui-même, chercher à y voir clair enfin dans tous ces événements qui l'avaient changé ces dernières semaines. Il s'installa à son bureau afin de classer ses livres et ses papiers. Demain il se mettrait à l'étude.

Il trouva alors un épais cahier vierge, qu'il reconnut à peine. À son arrivée à Vienne il avait prévu d'y écrire son journal. Il avait toujours attendu que quelque chose ait lieu, qu'il se produise un fait digne de l'étrenner, et finalement, au fur et à mesure que les journées passaient, de plus en plus monotones, il l'avait complètement oublié. Il y voyait à présent un signe. Sa vie ne venait-elle pas de débuter, des étoiles ne brillaient-elles pas désormais au-dessus d'une nuit sans espoir ? Dans ce journal il parlerait de ses expériences et – il le soupçonnait vaguement

---

1. Autre nom du Ring, c'est-à-dire de l'anneau de boulevards créé dans la seconde moitié du XIXe siècle.

– peut-être aussi de l'amour. Il y avait en lui une voix qui semblait dire que son penchant pour cette enfant se transformerait un jour en amour pour une femme...

Il remonta la lampe. Puis il sortit de l'encre noire et de l'encre rouge ainsi que toutes sortes de plumes et entreprit de dessiner sur la première page avec force fioritures et arabesques les mots de Dante : « *Incipit vita nuova.* » « Une nouvelle vie a commencé. » Depuis l'enfance il aimait s'amuser à calligraphier et même maintenant qu'il voulait consigner sur le papier son avenir et son passé, il brodait de beaux caractères bien courbes qu'il remplissait de rouge et de noir : « Une nouvelle vie a commencé. » Il fallait que cela brille comme du sang !

Là... il s'interrompit... une éclaboussure sur sa main. Une petite tache rouge circulaire. Il voulut l'essuyer. Il n'y parvint pas. Il frotta avec de l'eau. La tache ne partait pas... comme c'était étrange... Il essaya à nouveau.

Une pensée lui traversa l'esprit à la vitesse de l'éclair. Il eut conscience que son sang se figeait. Qu'était cela... Se pouvait-il... ?

D'un geste hésitant, angoissé, il retroussa sa manche. Il sentit le froid gagner sa main : ici aussi il y avait des taches rondes et écarlates, une, deux, trois. D'un seul coup il s'expliqua sa fatigue et son oppression de tout à l'heure. Il en savait assez. Son pouls s'accélérait à ses tempes, sa gorge était nouée. Ses pieds sous la table étaient gelés et lui paraissaient des blocs de bois lourds, étrangers à lui.

Chancelant, il s'arracha de son siège et, les yeux pleins d'effroi, il évita le miroir. Non, surtout ne pas regarder ! Et ne rien faire, ne pas crier ou pleurer, ne rien attendre ou espérer, puisque aussi bien c'était irrévocable. Et c'était tellement simple. Il était contaminé. Il avait la scarlatine.

La scarlatine... et soudain il crut entendre quelqu'un dans la pièce reprendre à voix haute les paroles du médecin sur les maladies infantiles et en particulier sur celle-ci. « Les enfants triomphent d'elles plus facilement, les adultes succombent. »

La scarlatine... la mort... les deux mots rendaient le

même son à ses oreilles. La scarlatine – une maladie infantile ! Comment n'aurait-il pas vu là un symbole de toute son existence, lui qui, arrivé à l'âge adulte, avait continué à souffrir de ce qui était réservé au domaine de l'enfance ? Et les grandes personnes avaient plus de peine à surmonter l'épreuve que les enfants : comme brusquement cela devenait limpide !

Mais mourir – trop de choses en lui se révoltaient à cette perspective. Avec quel plaisir il s'en serait allé, avec quelle joie il aurait quitté la scène, discrètement, en silence, trois semaines auparavant, alors que personne ne l'écoutait, ni ne lui parlait. Mais maintenant ? Pourquoi la vie avait-elle ainsi joué avec lui, se montrant au dernier moment sous un jour attrayant, pour lui rendre l'adieu plus difficile ? Pourquoi fallait-il que cela survienne à présent que des liens l'unissaient de nouveau à d'autres êtres, que certains risquaient de souffrir, davantage que lui-même peut-être ?

La fatigue s'empara de lui, sous la forme d'une résignation muette, pleine de désarroi. Il regarda fixement les taches rouges jusqu'au moment où elles devinrent des étincelles qui dansaient devant ses yeux. Ses idées se brouillèrent. Il sentait simplement que tout cela n'avait été qu'un rêve, le bonheur, le malheur, la compagnie des hommes, la solitude, le passé, l'avenir. Il n'avait plus aucun désir. Une pensée déchirante le traversa : cet engourdissement en un tel instant, était-ce déjà la mort ?

Il ne voulait plus que faire ses adieux.

Il entra dans la chambre où la fillette était endormie, ne jeta qu'un coup d'œil sur ces traits au repos, si familiers. N'avait-il pas rêvé que son destin se réaliserait ici ? Et n'en avait-elle pas été l'instrument, même si ce destin avait pris une forme ô combien différente de ce qu'il avait imaginé : la mort et non la vie ?

Il caressa ce visage d'un regard affectueux. Et sur ses lèvres il emporta avec lui le sourire qui ourlait dans le sommeil cette bouche enfantine – sourire qui, il est vrai, lorsqu'il eut regagné sa chambre, était déjà retombé, amer, ainsi qu'une fleur fanée.

« Il alla une ou deux fois au théâtre, mais ce ne fut jamais qu'une expérience cruelle pour lui. » (p. 67)

Il déchira quelques lettres, écrivit une adresse sur un morceau de papier. Puis il sonna et attendit.

Sa logeuse se précipita aussitôt. Toujours elle accourait, soucieuse de rendre service à celui qu'elle vénérait à l'égal d'un dieu.

« Je... – il dut reprendre, sa voix manquait d'assurance – je ne me sens pas très bien. Arrangez-moi mon lit et appelez le médecin, s'il vous plaît. Si mon état devait empirer, envoyez un télégramme à ma sœur, voici son adresse. »

Deux heures plus tard la fièvre le dévorait.

Dans ses veines son sang était en feu. On eût dit qu'il allait, au cours des deux jours qui lui furent encore accordés d'une vie qui aurait dû être longue, être consumé par toute l'énergie des heures qu'il n'avait pas vécues, par toute la passion jusque-là inemployée. La maison était bouleversée. La fillette rôdait, les yeux gonflés, et n'osait regarder personne, comme si elle redoutait qu'on ne l'accuse. Sa mère, désespérée, priait en sanglotant devant le crucifix du vestibule pour la guérison du moribond. Schramek vint lui aussi à plusieurs reprises à son chevet et assura chacun de sa confiance inébranlable en un dénouement heureux. Le médecin se montra d'un autre avis et envoya le télégramme à la sœur de Berger.

Deux jours durant la fièvre le tint enserré, sans connaissance, et le ballotta dans un bouillonnement d'écume rouge. Il se réveilla une dernière fois. Son sang s'était apaisé. Il gisait, les mains lasses et les yeux clos.

Mais il était parfaitement conscient. Il sentait que la chambre devait être très claire, car il y avait une sorte de brume rose sur ses paupières.

Il resta immobile. À côté l'oiseau se mit à gazouiller. Très prudemment d'abord, comme s'il faisait un essai. Puis il attaqua, *mezza voce*[1], et enfin, avec allégresse une mélodie s'éleva. Le malade écoutait. Il lui revint vaguement à l'esprit qu'on était au printemps.

Le chant résonnait toujours plus fort. La jubilation qu'il

---

1. Terme musical emprunté à l'italien, signifiant à mi-voix.

exprimait lui était presque douloureuse. Il avait l'impression que l'oiseau nichait au pied de son lit et qu'il lui perçait les oreilles de ses sonorités stridentes... Mais non... À présent il était à nouveau très discret, si lointain. Il devait être sur un arbre, dehors, au printemps. L'air devenait de plus en plus faible, de plus en plus suave, on eût dit le timbre d'une flûte, ou celui d'une fillette. Mais peut-être ne s'agissait-il pas du tout d'un oiseau. N'était-ce pas la voix ténue, argentine et souple d'une petite fille, une voix d'enfant harmonieuse et claire ?

Une petite fille, un enfant... Portés par un souffle timide, les souvenirs affluèrent de nouveau pour le toucher au cœur. Peu à peu tout resurgit, mais sans enchaînement, un simple défilé d'images. Le visage enfantin et souriant émergea des ténèbres de l'oubli, suivi de la vision vague et néanmoins douce de cet unique baiser furtif. Puis ce fut la maladie et la logeuse, la maison tout entière – la ronde de ses souvenirs se resserra et il se rappela qu'il était atteint et qu'il allait peut-être mourir.

Il souleva ses paupières lourdes. Oui, c'était bien sa chambre. Et il était seul. L'oiseau à côté ne chantait plus et la pendule, dont on percevait d'ordinaire le tic-tac empressé, était elle aussi muette ; on avait oublié de la remonter. Lentement ses paupières retombèrent, sans qu'il s'en rendît compte. La chambre lui apparut comme plongée dans les lointains : il était assis là, la nuit de son arrivée à Vienne, la pluie ruisselait au-dehors et il pleurait, oppressé par le poids de sa solitude. Puis tout resurgit, Schramek, et le reste, mais c'était déjà complètement irréel... si étranger... cela n'était pas agréable, sans pour autant être pénible... cela passait simplement devant lui pour se déverser dans l'immensité obscure de la fatigue.

Il entendit alors... soudain... une porte se fermer. Et ensuite quelques pas. Il les connaissait bien : c'était Schramek, oui, c'était sa voix. À qui parlait-il ? Son sang se mit à battre contre ses tempes... n'était-ce pas Karla qui riait à présent ? Oh, que ce rire lui faisait mal. Si seulement elle pouvait se taire ! Il voulait le calme... le silence... la tranquillité. Mais non, que se passait-il ? Il les entendait pouffer. Et tout à coup son regard traversa le mur comme s'il était en verre. Schramek était debout, là, il la tenait serrée contre lui et il l'embrassait. Et elle cambrait la taille, avec une expression mutine, de la même façon que l'autre fois, exactement de la même façon...

Ses mains étaient fiévreuses. Qu'avaient-ils à s'esclaffer ainsi ? Cela lui faisait mal. Ne savaient-ils pas qu'il allait mourir ici, qu'il mourait ici, complètement seul, sans ami ? Il sentit les larmes lui monter aux yeux, sa poitrine bouillait, il se mit à battre l'air de ses mains. Ne pouvaient-ils pas attendre qu'il ne soit plus ? Mais là... un siège tomba avec fracas par terre... il voyait tout. Elle lui échappait. À présent il la talonnait, quelle fougue, quelle force, il l'attrapait de l'autre côté de la table et l'attirait vers lui... Et voilà qu'elle avait à nouveau disparu... Où ?... Oui, c'est là qu'elle s'était cachée... Il courait en la traquant. La pièce trembla... n'était-ce pas maintenant la maison entière qui grondait ?... Oui, tout tanguait, l'air était rempli de bruits confus. Ces créatures maudites ne pouvaient-elles épargner ses derniers instants ? Non, ils continuaient à se poursuivre, là, là, il l'avait empoignée. Pourquoi les cris apeurés de cette femelle ? Le malade poussa un gémissement amer. Schramek la saisissait, ses cheveux défaits ressemblaient à une rivière sanglante... il lui arrachait à présent sa veste... sa chemise resplendissait... aussi blanche que sa peau... Ils se pourchassèrent ainsi autour de la table, dans un incessant va-et-vient, elle riait, riait !... et à présent – que s'était-il passé ? – elle avait franchi le mur, elle avait fait irruption dans sa chambre et elle se tenait en face de lui... au pied de son lit... dans sa nudité radieuse... Ou alors...

Ou alors – il s'efforça de soulever ses paupières lourdes –, ou alors n'était-ce pas sa sœur dans sa robe immaculée qui était là devant lui ? Et la main fraîche posée sur son front n'était-elle pas celle de cet être chéri ?...

Deux heures encore la fièvre le consuma. Puis le feu s'éteignit. À son chevet il y avait sa sœur, l'enfant et Schramek, les trois objets de son amour qui, réunis à présent comme jamais ils ne l'avaient été, représentaient toute son existence. Aucun des trois ne parlait. La fillette sanglotait doucement et peu à peu cette ultime plainte vint elle aussi mourir. Un silence profond envahit la pièce ; le cœur serré, ils étaient remplis de la solennité de l'instant et l'on n'entendait rien d'autre que, dehors, sous les fenêtres, la voix forte et irritée de la grande ville étrangère qui continuait de gronder sans relâche, indifférente à la vie et à la mort.

TABLE DES ILLUSTRATIONS

TABLE

Achevé d'imprimer en janvier 2010 en Espagne par
Litografia Rosés S.A.
Gava (08850)
Dépôt légal 1re publication : septembre 1998
Édition 02 – janvier 2010
Librairie Générale Française – 31, rue de Fleurus – 75278 Paris Cedex 06

31/4504/2